ZUI
Zestful Unique Ideal

最世文化
Shanghai ZUI co.,Ltd

THE NEXT · TAIPEI

郭敬明 安东尼
落落 痕痕 李枫 著

下一站
台北

长江文艺出版社

序

文/桂台桦

人类智库出版集团 董事长

THE NEXT·TAIPEI

　　今年初，接待他们来台旅游，我最担心的是招待不周，以及无法让大伙了解台湾之美、之好、之善。

　　因此早在安排他们的在台行程时，我便要求社内同仁集思广义，遍查信息，希望让他们到此一游时，不至于扫了兴，或感到我这主人没有尽地主之谊。

　　虽然我本身并不属于爱玩爱吃的新新生活逍遥族群，但我对这次的行程安排十分在意。所以营销部、编辑部的同仁均一再地被我要求，还提出了不少旅游企划行程来，但都被我一一打回票，要他们再精益求精，务必想出更佳的配套，让嘉宾们能趁着这次的宝岛周游，对台湾的明媚风光、人文典故、美食小吃，有更深的体会。

　　宜兰礁溪的泡汤、温泉蔬食，他们吃得尽兴愉悦，我也满心欢喜；见识到了太鲁阁峡谷的鬼斧神工及原住民部落的豪迈热情，让他们惊呼连连，而我也与有荣焉。回到台北接续书展的空当，天候骤变还下起冰冷的寒雨，但他们仍不畏寒流、湿冷，

执意要看看台北这个国际出名的城市。

对于他们的热情，我脑海中如走马灯般地出现，编辑部生活组同仁提到观光局的宣传重点及一些新创的旅游名词。像是今年春、夏季起的陆客台湾团，将以细分主题的"碎片式"方式营销。

我就十分地纳闷，所谓的"碎片式"营销旅游到底是什么？答案揭晓，竟是指包括医疗美容之旅、温泉之旅、摄影之旅、美食之旅、文化之旅、环岛单车之旅、高尔夫之旅、婚纱之旅、学生夏令营之旅、贵妇之旅等行程。

在台北，我曾暗忖同仁会给他们带来什么"碎片式"旅游呢？学生夏令营之旅，年纪不符；环岛单车之旅、摄影之旅，时间和天候不允许；高尔夫之旅、婚纱之旅、美容之旅，好像离题太远；温泉之旅，宜兰才刚体验过；那就剩人文和美食之旅了，但吃遍各地大馆子的他们，能被台湾小吃和美食打动吗？

士林官邸、故宫博物院、中正纪念堂，看得他们眼前一亮，对于台湾曾有的强人政治时代背景有了基本的了解；24 小时不打烊的诚品书店，宽广且舒适的格局，让他们感觉到台北市致力打造出来的美好书香环境，同时对于电影里曾看过的诚品

书店，得以亲自感受这种宁馨感也让他们流连忘返；迪化街的城隍庙、行天宫里众多虔诚信众的膜拜，也让他们对这里信仰的虔敬、庄严、氤氲的香火，有了身临其境的体验，同时也得以明了前些年高雄世运开闭幕式里，庙会文化的电音三太子开始风靡的肇因。

而当他们用过金锋卤肉饭、永康街有名的老张牛肉面后，也一迭声地称赞，即使桌上杯盘狼藉，我却深深为了台北特有的牛肉面节骄傲不已。

至于深受外国人士喜爱的士林夜市，果然不负众望地掳获大家的胃，也因而让我松了一口气。那些快速、熟练处理小吃的技巧，以及色香味俱全的料理，让他们一致同意——夜市文化是台湾可以傲视全球的利器，食物果真是最好的世界语言啊！

最后特别要说此行安排到一处神秘的私人鸟园，去窥视传说中的凤凰，凤凰是通灵性的鸟，在一行人风尘仆仆地来到鸟园时，却霎时倾盆大雨，让大家只能与凤凰惊鸿一瞥，希望下次再来与它四目相对，心灵沟通一番。

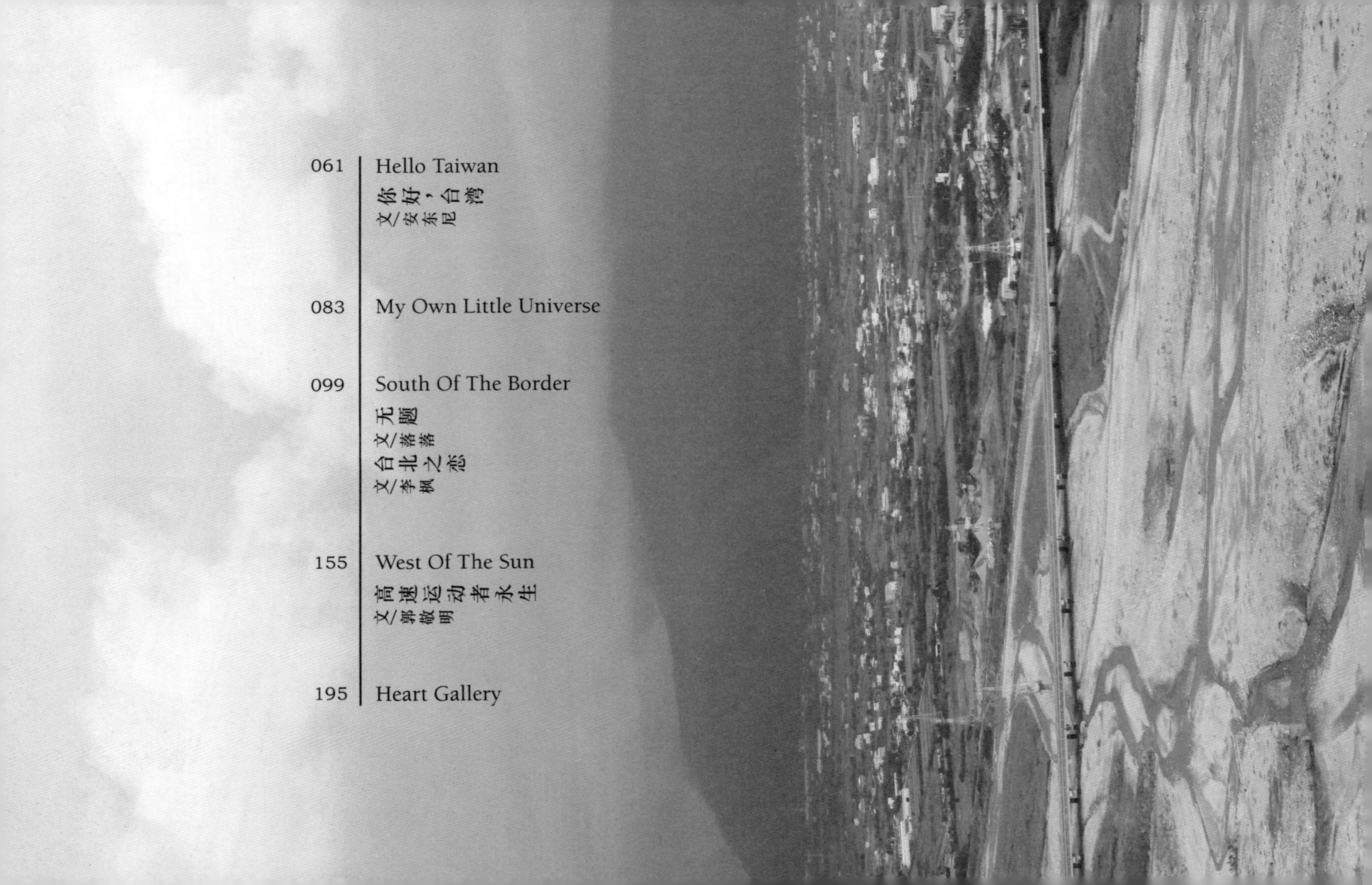

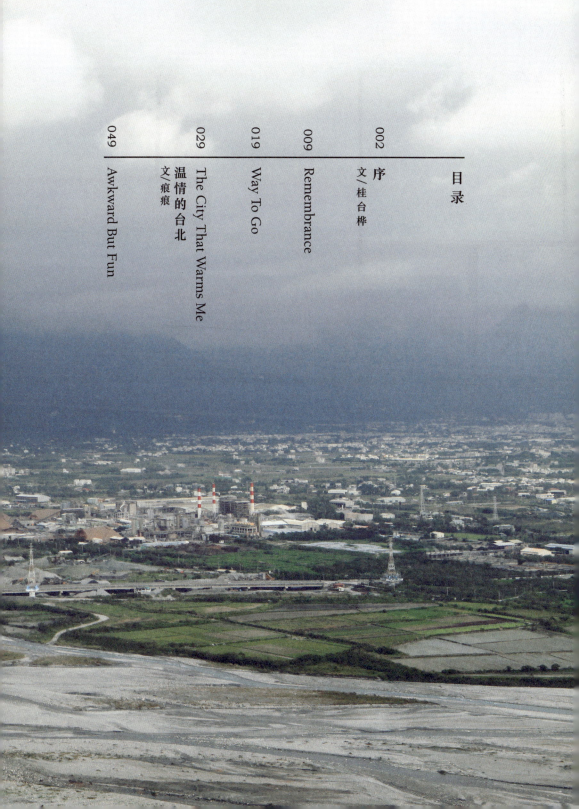

目录

REMEMBRANCE

郭敬明　痕痕　落落　安东尼　李枫
胡小西　Fredie.L
刘俊狄　林家瑜

THE NEXT·TAIPEI

{ 郭敬明 }

　　台北很像东京——这其实很好理解，在经过日本长时间殖民之后，这里的建筑和景致，都有很浓郁的日本气息。人们的生活方式也在朝着代表时尚前沿和精致文明的日本变化。但台北最像东京的地方在于，这个城市仿佛是一个活物，它在任性而自由地生长，它有生命，所以杂乱，而又精致，陈旧，却又蓬勃。不像中国很多其他城市——那种一看就是被尺子和圆规测量后，规划出来的水泥森林。

{ 痕痕 }

　　对我来说，台北是一座想象中的城市，我从杨德昌和李康生的电影中想象，从梁实秋和吴明益的文字中想象。我想象台湾人的纯真，以及这种纯真在与现实对碰之后，发出喑哑的残酷嘶叫。夜色中的台北，很像 20 世纪 80 年代的北京，大学的校门外，有寂静的街、橘黄色的灯光、整齐排列的自行车，还有古老的树，一切给人落寞与破旧的错觉，我其实是讨厌这种破旧的，我讨厌台北黑蒙蒙的楼房，拥挤逼仄的街道，但我又喜欢台北的"落后"，它仿佛是停顿了，它在时光的某一刻停滞不前，让所有在这个城市中的人，包括疲倦的仓促的旅客，都一起陷入"重回故地"那般的惆怅之中。

{ 落落 }

　　从机场出发时，心想着下次还会再来吗？把因为时间仓促而未能成行的渔人码头走一走？或者远一点，去次总在许多电影里出现的垦丁？好好地逛逛各大夜市，肥死算了？在诚品里从早坐到晚，没准儿能遇见许多低调的明星也在书架间挑选，但我应该也不会把最后一本让给他的——这个很远又很近的地方，下次一定再来看一看吧。

{安东尼}

　　因为这次台湾旅行 时间比较紧凑 加上还有工作的原因 觉得玩
得没有很尽兴 但是几天下来 对台湾人情的淳朴温润有了很深刻的印
象 不论是人文气息 或者建筑庭院 我觉得台湾都很奇特地保存了一些
"老"中国的味道 温柔的样子

{ 李枫 }

　　此次行程很充实也很紧凑，每天跋山涉水虽然会有些累，但是台湾之美都尽收眼底。台北是一个很适合居住的城市，希望下次，是一定，还会来到这里。我很喜欢台北。

{胡小西}

台湾，一个从小在课本里看见后就一直向往的地方，长大以后更是对台湾的书籍、电视、电影特别关注在意。等到我真正踏上这片土地，发现她跟我想象中的样子一点都没差。干净清新，热闹温柔而又充满感情。我永远不会忘记等红灯过马路时遇见的那位阿姨，她得知我们是从上海来的，温柔又热情地笑着对我说：欢迎你们来台北喔！

{**Fredie.L**}

　　喜欢看台湾的电视节目和电影，去之前就在心里自己设定了台北的样子。初到台北的时候觉得和想象中的台北不太一样，但是几天时间待下来之后又觉得这就是印象中台北的样子。感觉既陌生又很熟悉。无论怎样，这确实是一个会让人流连忘返的城市。

{刘俊狄}

人类智库出版集团董事长特助

　　在我心中，台北是个充满情感和回忆的地方，对这城市有一种难以割舍的感情，在这个看似繁忙的城市中，有许多美丽的小角落，等待着许多有心的人去挖掘。希望台北人的善良与礼貌，在与每一个人的眼神交流中皆留下深刻印象，欢迎下一次再来台北!

{林家瑜}

人类智库出版集团媒体公关

期待与你们下一次的台湾之旅，更美丽的地方在等着你们。

WAY TO GO

郭敬明 痕痕 落落 安东尼 李枫

THE NEXT·TAIPEI

郭敬明

在我们很小的时候，台北在记忆里，是小虎队们歌声里的夏天，浪花与蝴蝶，青春和雨季，深谷里兰花草的气味。再往后，华语乐坛就渐渐地从香港歌手一统天下的局面，变成台湾歌手独领风骚。于是在数不清的 MV 里，台北的面容之于我们——这些从来没有去过台北的人，却有一种无比熟悉的感觉。

再后来，《流星花园》红起来，台湾偶像剧红起来，大家对台北那些繁华的街道也如数家珍。再后来《康熙来了》，八卦的唾沫里，也往往带着一些地道的话题，夜市的美食和流行的前沿。哪里可以买到最便宜却又时尚的衣服，哪里的小吃需要大排长龙。

再后来，无数文艺书籍和杂志，又将诚品书店 24 小时不打烊的气息带到我们的面前。

在我们还没有踏足这座神奇又暧昧的岛屿之前，我们似乎已经对它无比地熟悉了起来——直到我们到达台北的那一刻，这种熟悉的感觉才彻底消失。我们对于台北来说，就是一个地地道道的陌生旅人。

痕痕

出发之前没什么准备，但是发生一件超级"drama"的事。想说第二天去台北，前一晚要是能看一场电影就更加完美了，于是便和卡妹相约去看《金陵十三钗》。下班后，我给爸爸打电话，告诉他"我看电影会晚一点回来"。

和卡妹到电影院后，发现适合的场次票都卖完了，于是抱着"好不容易来了，就一定要看"的心情，我们买了晚上十点左右的票，期间我和卡妹吃了麦当劳逛了超市，又聊天聊到无话可讲，电影终于开场了……

电影刚开场不久，手机就响了起来，在黑暗中，我偏偏找不到手机，感觉周围的人纷纷侧目，于是当我抓到手机的下一秒，就想赶快把电话掐断，虽然屏幕上显示的是"爸爸"，但我也毫不犹豫地掐断了。于是"drama"的事情就这么发生了，在我和卡妹欣赏电影的两个小时中，我爸妈以为我失踪了，他们打电话给小四，打电话给我姑姑，他们说：

"怎么办呀，明天就要去台湾了，旅行箱都还没有整理，电话也打不通。"
于是小四立即通知阿亮，阿亮又打电话给卡卡，发现卡卡的手机也打
不通，他们预感大事不好了，在公司的 QQ 群里问"有人知道痕痕去
哪里了吗？她失踪了……"

　　啊，就当我和卡卡踏出电影院，聊着剧情，并打开手机的那一秒，
小四的电话冲了进来，我爸妈的电话冲了进来……一系列含泪的问候
啊，一系列化险为夷之后的畅快的笑声啊，一系列……对此，我只能
表示羞愧难当，恼羞成怒。我回家大吼大叫，我说你们怎么不报警啊，
快打 110 啊，快报警啊……（可怜可怜我狮子座的自尊心吧‼）

落落

　　台北?《康熙来了》,《全民最大党》,《国光帮帮忙》,《女人我最大》?
台北? 猪血糕，大肠包小肠，卤肉饭? 台北? 陈绮贞的《小步舞曲》,
陈升《把悲伤留给自己》,蔡依林唱的《舞娘》? 台北? 人文的，繁体
字的，地铁叫捷运的，豪宅叫帝宝的? 台北，原来直飞一次是多么复杂
的地方? 天气大概是一直那么地热吧，马路上的女生们都很时髦男生也
擅长打扮?

　　对于台北这个城市，好像已经非常非常了解了，可与此同时，又
因为这份自以为是的非常了解，总以为大概没有必要再真实地体会一
下。更矛盾的是在更深的内心里，对那座说着同样的语言，长着同样
的面孔，建筑风格大致上相似的城市，但恰恰相反——由这份相似带
来了不同于任何一个其他地方所能引发的疏离感。

　　我该去台北看什么呢，或者我期待能看见什么。

　　每次旅行如果多半是在与异乡之间，为了那一份错落的陌生感而
诞生的种种遐思，可在台北，它们明明被提前推翻，像一条早已倒伏
的多米诺骨牌，早早地便露出了藏匿的图案。

　　抵达台北前在香港转机，第二班空空落落的，于是大家都敞开了
躺睡下去，等迷迷糊糊醒来，看见面前的显示屏，白色的指甲盖般大
的飞机图案，就要落在那个名叫 Taipei 的地方了。

安东尼

这次旅行本来没有我的 我在网上和庆庆聊天 我说你们婚礼是不是 1 月末 我看看早点回国 争取赶上你们婚礼 庆庆说 婚礼延期了 因为最近很忙有很多事情需要准备 加上 1 月底公司有一批人要去台北 我说真的哦 那么好？然后和痕痕确认了下 果然有这个安排 这个时候公司去台湾的这批人已经开始准备材料了 我没有想很多 只以为是公司一起出去玩 见见那边出版社这种轻松的行程 然后我就和痕痕说 我也想去 痕痕说好的 我帮你问问你等我答复

接下来的几天 和公司同事聊天才了解到 原来这次的台湾之行没有那么简单 有那边的出版社邀请赞助 要去几个城市 而且我们还有出下一站的任务 听到以后 我有点不好意思 没想到是这么严谨的行程 临时加进去我一个人很麻烦 各种方面都要申请 不过我也不好意思说我不去了 怕公司觉得我毛病多

过了几天 痕痕和我说 可以的 你从墨尔本飞过来 出版社帮你报销机票 我现在发过来几个申请表你填一下 快点给我 没有几天收到了快递 送来了台湾的签证
我和公司里的台湾女生说 我月底去台北玩 她眼睛瞪得大大的 用台湾腔说 真的哦 那你一定要好好尝尝台北小吃 我说好 等我回来给你谈谈感想

月底很快就到了 半夜十一点钟 拖着旅行箱去机场 坐香港转机的飞机去台湾 我把从香港去台湾 的机票给编辑看的时候 卡卡说 哇 尼尼我们在香港坐同一班飞机去台湾 太好了

在机场 check in 的时候 我和柜台的服务员说 请帮我安排靠前面的位置 飞机每一节最前面的座位空间比较大 能伸开脚 通常地勤会安排这里的座位给带小孩的旅客

算是要到了前面的位置 结果旁边就坐了一对带小孩的夫妇 我一上飞机的时候有点困 系上安全带以后就睡着了 再醒来的时候 飞机已经

到了平流层 机舱服务人员开始送餐 我把扶手里面的小电视拉出来 一边看外国一个造房的电视节目一边吃东西 吃饭以后身边的妈妈就开始逗小孩玩 那个小孩子很吵 他妈妈童声童气地和他玩比他还吵 我一边看电影一边默默地想 以后我有了小孩 一定好好和他说话 用正常的口吻

就这样吵着 颠簸着 我一晚上没睡 看了三部电影 几个专题片 一会儿书 吃了两个苹果 飞机在早上 抵达了 香港

李枫

其实一直都很想去台湾玩，因为自古作为中国的一部分，我对这里充满好奇和一种中国人对团圆的向往。那里的风土人情，如城市的模样，独特的民俗、信仰，以及自然景观都吸引着我。小时候学过关于日月潭的课文，里面描写日月潭有如神境，一半是太阳，一半是月亮。还有阿里山，什么"阿里山的姑娘美如水，阿里山的少年壮如山"，以往看电视里说台湾的水果种类繁多、小吃最负盛名……最重要的是，台湾是座岛屿，我对大海和岛有着深深的向往，因为毕竟是自己第一次踏上一座岛屿，还是如此有名的岛屿，无论是自然人文还是历史……

出发前收到小青发来的行程表，每一天都排得满满的，能去的地方实在太多了，然后查询台湾的天气，2月的台北还是有点冷的，但只要一件外套就够了。更多的地方在正午时只要不下雨，一件 T 恤其实也足够。

后面的事，就只剩感受了。长途跋涉千里迢迢降落台北，带着对接下来的无限未知和也许更多快乐的事，等待着与这座宝岛的亲密接触。Taipei，我轰轰烈烈地来了。

THE CITY THAT WARMS ME

温情的台北

文/痕痕

THE NEXT·TAIPEI

温情的台北

文/痕痕

『壹』

我对台湾了解得不多，也没有什么想象。

我看过台湾的版权书和台湾作家的作品，也看过一些台湾的电影。我们离得很近，从上海到台北坐飞机只有一个半小时的距离，但是我却对那里一无所知。我身边的人对台北的理解，是一个和日本差不多的小清新的城市。但去过台北后，就会发现这样的理解完全是错误的，是受到了台湾的影视作品蒙蔽的。台湾非但不"小清新"，而且还十分地陈旧，台北的街道狭窄，电影院、书店、商场，甚至庙宇都比上海的小了好几圈。

台北的土地面积有限，是台湾最繁华的都市，台北的办公楼林立，住宅鳞次栉比，刚刚去到台北的人，肯定会敏锐地察觉到这种视觉上的变化。

那些楼房看上去都有一定的历史了，外墙是灰蒙蒙的，仿佛在风雨中矗立了半个世纪，甚至是一个世纪。有些楼房的外墙已经变成黑色，窗户也像是一个个漆黑的洞口，完全不能想象这样的房屋居然还有人居住。

怎么说呢，台北也有繁华的地段，比如信义区，那里有新建的"W"设计酒店，有影城，有最大的诚品书店，还有多家高级的百货公司，但是在这些繁华地段的某一个拐角，你都可能发现一栋古老的骑楼建筑，发现一条古朴幽静的小巷，小巷的

一面矮墙上爬满了郁郁葱葱的藤蔓。

我坐在车中，观察台北这座城市，常常会受到视觉上突如其来的冲撞，我感觉到压抑和逼仄，台北的街道似乎和日本一样狭窄，但却没有日本繁华，也没有日本的错落有致。台北的街道两边，楼房几乎密不透风，放眼望去，都是灰蒙蒙、黄澄澄的老旧建筑，那些楼房早已披尘戴垢，相当疲惫了，如同老人那样挺立着脊背，几乎挡住了视线中一半的天空。

台北的陈旧使我感到压抑，但是台北的陈旧又充满人文的情怀，它时时刻刻让人变得怀旧和温情，任何一栋看上去有年头的楼房，它们在台北人心中一定是另外一副模样，它们承载着岁月中的欢乐、悲伤、孤独，还有温情。而不像是日新月异的上海，常常随着一声爆破，过去的一切就被无情地摧毁，在心里炸出一个永远也回不去的伤感梦境。从这一点来说，我又是喜欢台北的。

但台北绝对不是一个让人一眼就会喜欢上的城市。

台北的历史很多，无法让人一眼看穿，凡是立即爱上台北的人，一定是爱上了台北的假象，而真实的台北不会轻易示人。她会变成综艺节目，变成影视作品，变成流行歌曲，变成众多令人眼花缭乱的幻影，直到将你迷惑。

恰似一个异乡人眼中的台北。

『貳』

在去台北前，我和 inu 开始冷战。

我常为一些小事而和他生气。我生气的时候不需要多说什么，只要保持沉默，而这样的沉默会让 inu 变得焦躁。他像打碎了什么贵重的物品，总是试图用各种方式去挽回，但是无论他用什么方式，我始终还是沉默。我不愿意和 inu 吵架，我只是太敏感，企图从一些细小的事物里去发现什么，比如一个语气，一个下意识的回答，它们使我认为 inu 不在乎我。我在他理解自己的行为之前，就先理解了他，他跟不上我的步伐。他的反应，他因为手足无措而显得暴躁的崩溃模样，会使我感到更加恼火。

或许我需要的只是安静而已。

我想让 inu 痛苦，想让他在痛苦之中，明白我的重要，抵消我心中的敏锐伤痕。inu 其实就像小说里"无论对方怎样，我就是喜欢她"的那种男生，他偏执而又自负地认为，天底下没有女生比我好，每个人都是世俗而且迂腐的，但我不同。

inu 对我有足够的耐心，也有些后知后觉的愚笨，这种愚笨，使他其实并不计较我为什么而生气，他不想思考这些，在他看来，只有"为什么又生气了？"的困扰，而他总希望，下一秒我就不生气了，我重新恢复可爱的样子，又好好地和他在一起，他也能转眼烟消云散，喜笑颜开，像一个单纯的孩子。

我认为自己和 inu 在一起，绝大多数的原因是寂寞。我太寂寞了，又不善于与人相处，好不容易遇到一个 inu，即使总是生气，也能莫名其妙地和好。就像阴郁的心情总能在某天的阳光下，毫无征兆地晒干。

我想不起来我们到底为什么而吵架，我们吵过几次架？好像一个月一次，又好像从来都没有吵过。

『叁』

在台北的旅行中，我总是一个人住。

落落怕鬼需要有人陪伴，而即使有人陪伴，她也要将房间里的灯都打开，笔记本电脑里播放美剧，在睡觉的时候制造出一点声音。而相比鬼怪这种东西，我更害怕睡不着。这次旅行一共三个女生：我、落落、卡卡，所以有一个人要住单人间，我便求之不得。我换床会睡不着，身体容易紧张，假如再和别人一间房，我又会莫名地担心，这大约是一种对人的防备心理吧，我总想等对方睡着了之后，才放心地入睡，而又会因为这样的顾虑和等待，彻夜辗转难眠。

我比较不怕鬼，如果一个人住，就算听到什么水龙头滴水的声音（别人说那样的房间不干净），即使柜子里发出轻微的咚咚声，我还是可以若无其事地睡着，虽然心里会产生一点害怕的情绪，但很快就能进入深沉的睡眠。

在台北的旅行中，我带着吴明益的短篇小说集《天桥上的魔术师》，他是台湾的作家，同时又是大学的教授，他的文笔很美，起初阅读会感觉有日本小说的调调，但是进入他的故事，就会感受到他独特的叙述节奏，以及文艺而又忧伤的氛围。吴明益似乎将台北的一切，关于台北的想象和感情，都灌入那本小说集里，每一篇小说，都会有一个固定的出场的人物，一个在天桥上表演的流浪魔术师。

我没有见过魔术师，我小时候也没有在上海的哪里看到过固定的魔术表演。我不确定他书中的魔术师是否真实存在，因为那个魔术师太神奇，他能将活的金鱼变到纸上，能将兄弟两人中的一个变没，能让纸做的小黑人跳舞，肯定是虚构的了，但是这样的虚构让我着迷，使台北的天桥充满一种迷幻的色彩。

我在台湾，确实看到了魔术师。

他站在鹿港小镇的一角，身材清瘦，相貌平平，似乎一点魔力都没有，魔术师在人群的包围下，表演着普通的魔术，虽然平淡无奇，但还是吸引了许多围观者。我知道，原来观看这种表演，这种站在人群之外，迷恋着魔术师的魔法，那种迫切想要了解这个世界的秘密的心情，在台北人的心中是确实存在的。

台北装下了太多的回忆，在鹿港小镇中，那些建筑都只是普普通通水泥砌造的房子，透出一些阴暗和潮湿，沿路的房子里，卖着工艺品、小吃、特产。还有一些简陋的游戏厅，里面整齐排列着一台台古老的弹子机，从游戏机的上部掉下一颗银色的钢珠，然后在下落中跌跌撞撞地碰到重重阻碍，最后落入下方的一排小槽内，每一格小槽有一个分数，得到高分可以获得奖励，而最大的奖励是两根烤香肠。中奖的小孩，叫一声工作人员，只消核对一下，就可以去门外的烤肠摊自己领取香肠。

一切竟显得如此老旧？

我又怀疑自己来错了地方，我不厌恶落后，但对这样的落后有一种难以形容的心情，我在小镇的一个路口，看到一个卖棉花糖的艺人，他在做棉花糖的时候，用一支竹签将云线一般的棉花糖从机器里牵出来，退后五米远的样子，再逐渐走近，他的手里旋转着那支竹签，棉花线就一层层地在竹签上积累起来，变成一朵小小的白云，棉花糖艺人加了一勺糖之后，又向后退出数米远，高高的云线飘荡在空中，吸引着游客驻足观望。我想起了小时候，吵闹着想要吃一支棉花糖的小时候。那时的我也走在这样一条古老而朴素的老街上，背着双手久久不愿意离开卖零食的摊位，我的身边还有爷爷吧，他走出老远，又折返回来，将我从摊位前拉走。一切都是那么地不易。

我对台北的老旧，所难以形容的感情就是这样。台北沉积了太多东西，台北相当怀旧，什么都不轻易丢弃，什么都依旧焕发着新鲜事物的光彩，台北使时光变得梦幻，变得温慰而闪光。即使时代变迁，即使岁月匆匆，那些东西还依旧保持着当时的温度。

在这样的温情中长大的台湾人，他们心中仿佛有一种干净得让人肃然无声的单纯。

我在台北试图寻找吴明益书中的天桥，我问过向导，台北的天桥在哪里，向导说台北有很多天桥，不知我说的是哪一座。我也无法解释书中提到的天桥的具体方位，我不知道天桥有多大，是什么形状，有没有发生过什么变化。我在台北的几天中，仔细留意过往的景致，始终没有发现天桥，又或者说，天桥总是不经意地出现，以它极为普通的模样，普通到即使我看见了，目光也不会停留。

其实，天桥并没有什么，对于台北人来说，在天桥边生活的经历，才是弥足珍贵的，他们在天桥上看魔术师的表演，买地摊上的鞋垫和二手物品，在夜市里吃小吃，他们的生活有一种特立独行的滋味。

凌晨三点，我还在诚品书店，敦南的诚品书店 24 小时营业，这是我去台北之前就打算一定要去看看的。在 24 小时的书店，夜晚和白天没有什么两样，书店里并不冷清，有不少人在书架前慢慢流连，打发时间似的看看书籍背后的介绍，倘若不看表，肯定不会相信已经是凌晨三点了。台湾人的夜生活丰富，台湾的夜市是从晚上十点开始，一路吃吃喝喝，热闹的气氛持续到凌晨两点，而台湾电视剧的黄金档是晚上九点，这个时候，上班族刚刚下班，开始煮饭，一家人团聚在桌前，边吃饭边看电视。

　　而我已经有些困了。朋友的手机响了，是他的恋人打来的电话，我们之前刚看完一场电影，朋友的电话一直无人接听，对方在电话里委屈地责备，要求 facetime，而我站在一旁的书架边，我想起 inu，别人的想念是想念，inu 的想念就不是想念。

　　别人的恋就是恋情，而我和 inu 之间，又算作什么。

　　从书店出来，天空中飘起了小雨，路上空寂无人，这时台湾的街道呈现出另外一幅景象，黄澄澄的路灯像明媚而朦胧的日光，我发现了台湾的路边也有南方特有的那种枝叶繁茂的绿树，此刻的绿树在一片温柔的光芒笼罩之中，树叶垂下，像下起一场淡淡的黄绿交错的细雨，我抬头看去，一块高大的路牌竖立在前方，"逸仙路"，上海也有一条路叫逸仙路，一时间，竟错觉自己身在上海。有多少次，我从朋友的聚会上离开，已经是凌晨时分，车辆行驶在高架上，也像今天这样，下起一场朦朦胧胧的灯之雨，那个时候，我总要和 inu 打电话，告诉他我今天的感受以及周围发生的种种事情，仿佛 inu 是一台收听倾诉的机器，没有他，我肯定要坏掉，我会在令我哑口无言的现实中坏掉。

　　回到旅馆，已经凌晨四点，天还没有亮，房间里漆黑一片，我关灯躺在床上，黑夜仿佛化成一摊记忆的水，它在这个布满了想念和历史痕迹的城市里静静蔓延。

『肆』

花莲被称做是台北的后花园，很多台北人在休假日会选择去花莲度假，因为距离相隔不远，又远离都市生活。花莲的海边风很大，我穿的衣服不多，所以没有和朋友们走到海边，我站在沙滩后面，那里有一座矮墙挡风，还有在夜色初降时点着温馨小灯的流动摊位。

台北的美食很多，在流动摊位上集中着台湾最经典的小吃、烤香肠、大肠包小肠、烤章鱼，还有臭豆腐。我买了臭豆腐吃，一瞬间从淡淡的暮色里跑来几只野狗，狗的毛色分成黑色和褐色，看上去就有一种"靠自己活得很好"的模样。狗一共有五只，都规规矩矩地端坐在我身前一米处的位置，用一种专注的目光盯视着我，没有故意地讨好，也没有进一步地胁迫。狗有三只大的，两只小的，小狗也规规矩矩坐在原地，目光黑溜溜的，一副机灵和天真的模样。我将臭豆腐上的汤汁吮干，然后丢给它们，丢到谁的面前就是谁的，其他狗并不抢，而是用一种更加执著的目光注视着我，仿佛向我示意它们很懂规矩，但我也看出了它们的急迫。

我向它们投去的臭豆腐，大狗可以在空中接住，牙齿相碰时发出"砰"的一声声响，两排坚实有力的白色牙齿一开一合干脆利落，带着一种狠劲。我只顾给狗们分食物，一盒臭豆腐自己没有吃到几口就已经尽数分完，狗们还端坐在我面前，它们意犹未尽，于是我又买了烤香肠，一块块咬下来分给它们，自己只尝到了一些油水的味道……分完香肠，我摊开双手对它们说，没有咯，已经吃完咯。一瞬间，狗们相当有骨气地散开了，带着矫健的身体慢慢跑回暮色之中。

海边的小摊在夜色完全降临之后，也准备收摊了。朋友们也结伴从海边回来，我们买了烤章鱼彼此分享，章鱼抹上酱汁，撒上辣椒和一层白芝麻，吃起来鲜香可口，在别的地方，肯定是吃不到这样的美味的。

台北的夜市也令人难忘，出版社的编辑很体贴，担心我们在夜市里找不到座位，所以事先选择了一家台湾菜馆子吃饭，吃完了，我们再慢慢地逛夜市，夜市像一个偌大的商场，但整整齐齐地摆满了摊位，每一家摊位卖的都是不同的东西。我和落落买了正宗的"豪大大鸡排"，买鸡排需要排长队，店家在现场张贴出"本店鸡排一律不切"的告示，可见生意有多么地火爆，新鲜的鸡排当场腌制，立即就放入锅中油炸，锅子里沸腾起一片油花，鸡排在锅子里舒展，呈现出一种金黄香脆的色泽，再炸一会儿，待鸡排微微变得焦黄，就夹出来放在油网上滤油，店员在滚烫的鸡排上撒胡椒粉和辣椒粉，让人看了迫不及待地想要大快朵颐，我和落落买了一块分享，鸡排很大，大得出人意料。

我想起梁实秋先生的《雅舍谈吃》，中年时期的梁实秋离开上海到台北，之后由于两岸间的政治原因，他无法再离开台北，而他的子女还在大陆，他们和很多分离的亲人一样，几十年不能见上一面，年近花甲的梁实秋在自己的书房里，用散文来回忆曾经在大陆吃过的美食，比如北京的烤鸭、小炸丸子、烤羊肉……上海的生炒鳝鱼丝、两做鱼，还有小笼汤包……梁实秋在书中这么说："我在上海时，每经大马路，辄至天福市得熟火腿四角钱，店员以利刃切成薄片，瘦肉鲜明似火，肥肉依稀透明，佐酒下饭为无上妙品。至今思之犹有余香……台湾气候太热，不适于制作火腿，但有不少人仿制，结果不是粗制滥造，便是腌晒不足急于发售，带有死尸味……"从他的书里，我最初对台湾产生了一种朦胧的悲伤，难道台湾没有美食？难道很多东西，甚至人的味觉也要因为地域的阻隔而随之切断，这是多么忧伤的事情，使得多少人在离开故土之后，深埋在心里的乡愁发作，使得他们在味蕾上模拟出故乡的水的味道，用故乡的水才能酿造出来的上等花雕的味道，养殖在故乡的水中的黄泥螺的味道。这些想念贯穿着每一个游子的胸膛，极其难得的机会，倘若能在某家小店，发现躲在角落里的两瓶小小的黄泥螺，便感觉激动到如获至宝，询问了店家，发现是由做海员的亲戚辗转带回，放在店里寄卖的。

过了这个村，就没有这个店了。

我问出版社的编辑，台北现在有多少人是有亲戚在大陆的？编辑说，现在已经很少了，不到百分之一，现在都是土生土长的台北人了。

那个想念的时代终于已经过去。人的时光是有限的，人终究是会老的，人终究是会在逐渐老去的过程中，带着遗憾，带着懊悔，还有深深的思念，而这些东西也终究会随着腐朽的身体一起腐朽，沉入冥冥之中的寂静里，植入传说中没有眼睛的鱼的记忆里，它变成一种流动的物质，使人莫名察觉到伤感，让人莫名爱上某处的土地，从那些古老的建筑里，看到过往熙熙攘攘的生活气氛。

台北这座城市，在我面前渐渐展开，我不再因为她的沧桑外表而感到气馁，我气馁是因为我不想认为她竟有如此的破旧，我像一个固执地对母亲生气的孩子那样，谁都不明白我这种固执的厌弃背后，是对于这座城市充满的想象。

『伍』

在去台北的第四天，我给 inu 打了电话。

我有好多见闻想说，这些话如果不说，又能和谁说呢，谁愿意听我说呢，谁愿意不反驳我，认真地听我说呢，我知道，我只有 inu。

一直以来，我只有 inu。

电话接通的时候，依旧是深夜，inu 肯定已经睡了。但他接起电话，语气里带着一些惊讶，和惊讶过后随之而来的温馨。他又像待在一个什么暖融融的地方，或者吹着空调的房间，他的语气温柔，以往我听他说话，就会产生困意，我的脑袋无法思索。就如同现在，我也忘了自己要对他说些什么，那些记录下来的事情其实都不重要。我听到 inu 的声音，inu 听到我的声音，一些事情就已经释怀，一些远去的距离就已经拉近。

我在台北这座想念的城市，打电话给 inu，我仿佛在这座城市中，与想念的人完成了某种联系，我知道我在这个充满怀旧和温暖的地方，是无法狠下心将 inu 忘记的。

我曾和 inu 说过，我很怕死，我不害怕自己死后一切都不复存在，我害怕的是在我死后一切都完好如初，世界完好如初，人类完好如初，他们都还有几十亿年甚至永恒的时间需要消磨，需要经历无数代王朝的更迭，科技以及文明的进步，而我只是一粒小小的尘埃，脑袋糊涂，匆匆易老，不善周旋，也无法让自己活得更出色。

inu 说："不要怕，人是有灵魂的，人的灵魂会以另外一种形式而存在。"

"可是，我不想死后和别人的灵魂密密匝匝地挤压在一起。"

"不会挤压在一起的。"

"那我还能找到你吗？"

inu 说："能的，会以一种更加安详的方式在一起。"

我喜欢 inu 终归还是有原因的，他会陪我，直到生命老去。

就像台北这座城市一样，历尽了沧桑，却永远充满温情。

AWKWARD BUT FUN

Oh my God

郭敬明 痕痕 落落 安东尼 李枫

THE NEXT·TAIPEI

郭敬明 >>>

这一次去台北，有一个很重要的活动，那就是参加"Smart 创作经济论坛"的演讲。作为主演讲嘉宾，我要作一个简短的开场演讲。

我一直仗着自己伶牙俐齿，所以几乎大部分的演讲，我都不需要稿子，全程脱稿即兴发挥，之前也一直凭着自己的三寸不烂之舌和良好的记忆力，以及一些小聪明，而屡屡涉险过关。所以，理所当然的，这一次，我也没有准备演讲稿。在演讲的前一天，我也只是草草地瞄了一眼演讲提纲，就出门和大伙儿一起夜市觅食去了。你要知道，在一群吃货嗷嗷鬼叫的声音里，我怎么可能把自己留在酒店里准备演讲？我当然是和他们一起冲向人潮汹涌的夜市，肆无忌惮地吃起来啊，"吃自己的宵夜，让别人胖去吧"，这难道不是人生乐事吗？

结果，第二天，当我满脸微笑，在各种闪光灯下摆着我一贯的笑脸时，我听到了主持人介绍我即将登台进行十五分钟的主题演讲……等等，多少分钟？十五分钟？难道不是上台和台北同胞们打个招呼挥手致意一下就好了吗？难道不是表达一下远道而来即是客的礼貌寒暄一下就好了吗？十五分钟？隔壁老王的孩子都能出门打酱油时一路刷微博了好吗？！

所以，我硬着头皮上了。十分钟过去之后，我已经不知道自己在说什么了。最后知道我用了一个多么垮棚的借口吗？

——"各位，今天的空调实在是太冷了，我冷得有点语无伦次，感谢各位听我说了这么多颠三倒四的废话，我此刻牙齿在发抖，我要下台穿件衣服。"

真人真事儿，没有节目效果。完毕。

痕痕 >>>

　　"阿美族"是台湾原住民的部落，是极具代表性的母系社会，每户人家都以女性为荣，可以说，女性和神是相提并论的。

　　每天清晨，阿美族里回荡着女性的叫骂声。阿美族的女性打人是很厉害的，揪住老公的头发，责令老公跪在地上，然后一阵拳打脚踢，一边打，一边将手指比在嘴前，示意老公不准发出声响。于是，每一个清晨，都是和谐、美好而清静的。

　　阿美族的男性从挨打开始一天的生活，上山砍柴，下地放牛，入室做菜，忙了一整天，手臂习惯性地颤抖，四肢静脉曲张，但是入夜，阿美族的男性要跪在老婆床边，温柔地唱歌哄老婆睡觉，在老婆快要睡着的时候，深情地对她说"我爱你"。这个时候，要观察老婆的表情，如果她是微笑的，那么阿美族的男性才会放心，才会感到甜蜜，因为微笑代表老婆是爱自己的。反过来说，倘若老婆皱眉，觉得对方一直在吵自己的睡眠，那么阿美族的男性就会伤心，得不到老婆的爱，他们活着就没有意义了。

　　阿美族的男性从出生就不懂得反抗，只要成年，任何女性都能将男性娶回家，娶的方式也非常简单，只要将男性的背包抢下来，那么他就是你的人了。男性被正式地娶回家之前，男性的爸爸，以及男性自己，都要到女性的家里去试工，所谓试工，就是每天去做家务，去砍柴，去喂猪，从早忙到晚，只求自己的表现，可以换来神（女性）的青睐……

　　"有救了……终于有救了……"地陪正在解说时，不知道是谁内心的呼声，强大到冲破了胸口，盘旋在屋顶的上空，我搜索呼声的来源，每个与我接上眼神的人，都露出痴呆的微笑，眉毛跳动不止，而落落，她目视着远方，也就是阿美族的村落，神态清高地对地陪说（地陪正是阿美族男性）："老板，我网购一个阿美族的男性，他可以自己坐飞机到上海吗……"

落落 >>>

还，能，有，什，么，比，在，大，雨，中，和，卡，卡，一，起，骑，双，人，脚，踏，车，更，囧？！

这或许也是我对整个行程印象最深刻的一段，也是我和卡妹从她来催我《须臾》稿件之后第二次的感情大升华。我觉得从那天以后，她已经成为和我同甘苦共患难的知己，虽然身高有差（……），可我们有信心一直在一起！

记得当时我们在一处类似农场的苗圃观赏园里，整个区域占地极大，交错分布许多农艺区和小路。游览路线是需要自己骑脚踏车去进行的，而我和卡妹则不由分说选了一辆带雨棚的双人自行车。最初因为自行车的构造问题，让我们俩一直落在他人之后，饱受小四、安东尼和痕痕的嘲笑。终于上天开眼，开始不疾不徐地洒下雨来，正当我引颈向天大笑"来吧，下得再大一点吧"，没过两分钟，小雨变成大雨，一群人做鸟兽散，开始寻找回程的路。于是很快大家彼此走失，放眼望去，整个世界里只有倾盆大雨，和我身边的卡妹，以及我们头上那个飘摇的脆弱的雨棚。

我们一路寻找着回家的方向，未果，对照附带的地图，不准，想要找个路人询问，没有。差不多裤子都快湿光的时候，终于遇到了好心的当地住民，用小摩托载着我们一路回到了出发地。

正在我满腔咆哮需要发泄时，看见小四和安东尼一起在车上光着下身烘裤子……我就心情平复了，我觉得这天过得很值得，我非常满意，十分开心。

安东尼 >>>

　　这次台湾旅行的途中 我都是和李枫一个房间的 说起来我俩之前见过几次 不过不是很熟 这次一起相处了几天以后发现他还挺可爱的

　　我们俩一起在房间内都说了些什么呢 现在也想不起来了 只记得他的东西都整理得很规矩 他有一条下面收腿的裤子一直收到腿肚子那里我觉得奇怪 他抽烟 会跑到阳台 或者厕所 我说没事儿 你在房间里抽烟我也不介意的 他笑 说你真好 晚上的时候 他一直在用手机打字 我问 你在发短信么 他说不是 我在记一下今天发生的事 不记下来回去都忘记了 比起他的勤劳 我有点惭愧

　　有个晚上 我们第二天去花莲 因为要在那里过夜 第二天才回台北 所以大家都把大箱子留在台北的福华饭店 我开始整理我要带走的衣服 然后李枫和我说他还没见过大海 我当时想 明天他一定会大开眼界吧

　　在去往花莲的火车上 小四坐在我旁边 走着走着 远处忽然出现海平面 大家一起转头过去看 那海蓝得很 又有浪 我和小四说 李枫之前没见过海 结果之后每当火车路过有海的地方 小四就会逗他 很兴奋地指着窗外说 李枫 快看 海 他说了几次 让我觉得挺对不起李枫的

　　然后我们终于到了海边 那时候已经是傍晚了 眼看天就要暗下来 这里的海美极了 除了墨尔本大洋路那里 应该算是我见过最美的海 李枫去小摊那里买吃的 我和小四径直走到海边 这时候 小西过来给我们拍照 他给小四拍照的时候 我沿着海边往前

走 海浪很大 一下子扑上海滩能走很远 这时候李枫过来 他对着海拍照 我想到 他没有看过大海 就说 来我给你照几张相好了 他开心地说 好啊 然后把相机递给我 我照了几张 不是很满意 觉得没有抓住 第一次看到海的人的 那个精髓 我说你离海太远了 你往后退 他往后退了几步 我看了下取景说 再退几步 他听话 又退几步 我刚想拍照还没反应过来 一个大浪已经过来 李枫的裤管已经在海里了 只见他转身以后大叫一声 然后本能地往后退 然后眼睁睁地 我就看着他跌倒在水里了 我也往后跑 还好我离他还有点距离 不过鞋子还是湿了 小四在一旁看到我俩这样 从紧张 到哭笑不得 然后开怀大笑

李枫站起来 我走过去 他尴尬地笑说都湿透了 然后就回去车上 说去换衣服

小四笑着和我说 都是你 让人家往后退 往后退的 本来我不觉得是我的问题的 只是觉得这件事挺可笑的 被小四这么一说 我忽然认识到 这件事我有责任的 然后我也往回走 我不确定他是不是有多余的衣服 想说回去拿几件我自己的衣服给他穿 等我回去的时候 他已经换好衣服了 似乎这件事并没有影响他的心情 他也没责怪我

李枫 >>>

　　有一次我们在七星潭看海，那海非常壮阔，我对着海各种拍，然后还要安东尼帮我拍，我背对着大海，安东尼慢慢退后，这时一个浪冲上来，好像是故意和我对着干似的，因为在海边站了好一会儿都觉得那波浪不大且稳定，至少我确定我站的地方很安全，可是那个浪无比凶险无比汹涌，哗的一声巨响之后，我预感到不好，安东尼也没有对我作提示，可能他吓到了吧，然后我回头看见一线巨浪我知道我完了，果然我完了，我是跑不赢它的，它是大海，我活生生被它给吞没了……

　　水从我身上退下去后……我非常难过……我觉得我出了很大的糗，好在我有换的衣服裤子鞋子，都在车上，于是湿乎乎地跑上去换了。换好后我又是一条好汉！……又欢呼地雀跃地朝大海奔去……啊，我美丽的大海！你怎么忍心这样对我……

HELLO TAIWAN

你好，台湾
文/安东尼

THE NEXT·TAIPEI

你好，台湾

文/安东尼

　　不知道中国别的家庭是不是这样 反正我们全家对台湾都有一种 特别的情愫

　　我很小的时候 我爸爸有次出差坐飞机 那个阶段有很多劫机的 我爸爸就赶上了 结果飞机被迫停在了台湾 好在大家都平安 旅客们在台北住了一晚上 当时是冬天 我 爸爸晚上的时候 偷偷地打了辆出租 在台北市内转了转

　　回来以后 对我和妈妈 美其名曰"冬季到台北来看雨"

『 飞机上 / 机场 / 出关 』

　　可能受他们影响吧 飞机快要降落台北的时候 我心里忽然有很多情绪 激动得眼睛都要红了

　　之前我去香港的时候就没有这样的感觉 只是觉得很兴奋 又有好吃的又有好玩的 但亲近不起来 台湾则是到真要相见了 心里很多不安紧张 但又知道无论如何都会喜欢就对了

　　我们出关的时候 小西跑过来说 刚刚他看到光良了 我说哪里 我大学时候和 Owen 都很喜欢光良 小西说光良已经出去了 我当时觉得好可惜 我说你应该当时就告诉我的

　　后来我们排队出了关 领行李的时候小西和我说 你看就是那里 我一看 光良一个人 穿着羽绒服在比较远的地方等行李 他戴着墨镜 我鼓起勇气跑过去和他打招呼 我语无伦次地说了类似我很喜欢你 之类的话之后自己觉得尴尬就走开了 他可能觉得莫名其妙吧

　　然后出机场的时候 又看到林依轮 我在心里感叹 在台湾真的很容易看到明星啊

『 火车站 / 马太鞍 / 拉蓝的家 』

我们在宜兰苏澳火车站 搭乘火车去花莲 我觉得台湾和日本 街上广告的字体颜色很相似 经常让我有一种走在日本街头的错觉

到了台湾就觉得什么都好吃 在等火车的时候 小四 小西 李安几个人都买了吃的 我每个人的东西都尝了下 觉得开心 下雨也没有影响心情

在火车上小西 李安开始拍照 车厢里人不多 但是很多人都往我们这边看 我和小四坐在一起 小四应该早就适应了这种阵仗 非常自然地让他们拍 我心里很尴尬表情上还在那里装酷

出了花莲火车站 门口有很多卖水果的小摊 樱桃 莲雾 火龙果 苹果……都水灵灵的 我想起来之前 Simy 和我说 今年是龙年 多吃火龙果会火 看到水果摊还有卖红色肉的火龙果的时候 我立刻买了一盒 一边吃一边想 今年是要多火啊 哈哈哈 小四拿了一个和他脸差不多大的水果 问我们这个是什么 我们都不认识 后来水果摊老板说 这个是枣 当时我们都很惊讶

这个时候 我看到广场对面有卖槟榔的 好奇心一下子来了 因为之前看的书 电视节目上 都有说槟榔西施 嚼槟榔什么的 给我的印象都是地痞流氓吃那个的 但是又说不好一个小小的水果 怎么给我留下这个印象 于是就打算过去买来吃 小四和落落也跟着过来 卖槟榔的不是西施而是大叔 我买了一包 槟榔看起来很像橄榄 外面用叶子围了一圈 我吃了一口 嚼了一两下就吐了 完全没有什么味道 里面包的石灰还有种发涩的口感 落落嚼的时间长一点 嘴里都变成红色了 后来她吐了出来 口水也成了红色 李枫嚼的时间最久 我记得他好像说有点醉了的感觉

后来我们到了马太鞍 马太鞍是阿美族的部落 阿美族是母系社会 也就是说女生说了算 我们来到一个村舍叫做拉蓝的家 我们坐在像小教室一样的厅里 听拉蓝介绍当地的风俗习惯 他说在阿美族男人都是为女人服务的 如果哪家生出了个男孩 父母就抱头痛哭 如果生了个女孩 就会载歌载舞 男生在十五岁的时候会有一把属于自己的刀 如果结婚以后 女生把男生的刀扔出家门 就相当于男生被休了 他们相亲的方式也很奇特 仪式举行在情人之夜 男生们都会挎一个布包 穿着很简单的遮羞布围成一个圈子跳舞 如果女生看上了哪个男生的话 就可以上去把他的布包拿下来 男生就必

须和她成亲 男生和女生成亲之后 男生的所有财产都属于女生的了 拉蓝问我们 听起来是不是很疯狂 我心里想 这样不是挺好的么 男生就应该对女生好 我觉得我这个性格还挺适合母系社会的

　　拉蓝接着说 尽管阿美族的男生感觉起来很窝囊又受气 其实阿美族是全台湾最有幸福感的民族 阿美族的男生晚上上床睡觉前都会和妻子说 我爱你 我当时觉得好浪漫 正感叹的时候 小四推了我下 指着书桌底下刻的一个字"哈 ....." 我们俩看了一下找到一种莫名的笑点都乐了

　　阿美族的人都很聪明 而且他们的生活方式很环保 比如他们捉鱼 会设计一种生态环境 最上面是水草 中间是树枝搭建的铺子 最底下是竹筒 拉蓝说因为最上面一层有水草 这整个建筑又很吸引人 所以很聪明的有鳞片的鱼就会在这个地方聚集 流连忘返 时间久了他们的排泄物掉到树枝那一层 于是一些胆小的小鱼小虾就住进那一层有天然的保护还有上面掉下来的残屑吃 小鱼小虾死了以后就掉到最下面 竹筒那一层于是就吸引来了 没有鱼鳞的比如泥鳅 黄鳝之类的鱼 他们不喜欢光 觉得躲在竹筒里最安全了

　　于是这样 一个小小的巢 让阿美族一直都有鱼和虾吃

　　就在拉蓝介绍养鱼方法的时候 痕痕似乎发现了什么 她跑去厨房后面 过了一会儿招手让我过去 原来厨房那里在用炭火熏烤一只鸡 味道香极了 痕痕走过去揪了一块肉 回来我们俩分着吃 可能是我们都饿了 或者因为这个是原汁原味的野味儿 好吃得割耳朵都不知道 痕痕还要去吃 我拉住她 尽管我嘴里也是口水 但我说被老板娘看到会揍我们的 于是把痕痕拉回去池塘那边 可是过了一会儿痕痕又没了 估计去吃鸡了

　　我们吃饭的时候 痕痕有点害羞地问拉蓝说 你们这儿是不是有烤鸡啊 拉蓝说烤鸡没有了 痕痕想了下 羞涩地说 厨房那边不是在烤一只么 我们能买下来那只么 拉蓝说 那只是别的团队订的 痕痕点头说哦 我心里为痕痕捏了把冷汗 不过又想 痕痕是女的 拉蓝应该也不能把她如何

　　吃饭以后 我们去后院逛 后面的湿地里 有很多的荷花 拉蓝说到了夏天 这里晚上有很多萤火虫 非常地美 我看到一棵长得很像芋头的植物 我对芋头叶子那样的植物有种莫名的好感 这棵又格外地大 几乎要到我胸部了 我蹲在底下让李安帮我拍了照片 后来我看到那张照片 觉得自己很像青蛙 临走前 我趁大家没注意 偷偷跑到 举行情人之夜的那个场地里 偷偷地双手合十许了个愿望

『 凤凰／钓虾／故宫博物院 』

之前在香港书展的时候 我就有见过台湾出版社的桂总 那时候我们一起吃饭 他说有机会你们来台湾 我安排你们见凤凰

终于在一个雨天 我们踏上了参观（拜见？）凤凰之旅 那天天气很不好又冷 我们先坐了火车又换小巴士 来到一个山上的 ……怎么说呢 像是一个废弃的动物园 整个布局和气氛让我想到《生化危机》那一类的电影 养凤凰的师傅看起来很硬朗的样子 但是他很严肃也不笑 发给我们每人一个口罩 又在门口的池子里放了消毒剂让我们蹚水过去的时候消毒鞋子

被他这么一弄 我的好奇心完全被勾起来了 我们往里面走 一路看到很多禽兽 孔雀 山鸡 还有些不知名的鸟类 边走师傅边介绍说 大家都要把手机关机或者静音 等下不能拍照 不要大声说话 在动物园深处的一个大笼子前我们停下来

稀拉拉地下着雨 笼子里有几棵树还有一个架子 顺着师傅指的方向 我看到一只孔雀那么大 类似于野鸡那样的鸟 在我印象里 凤凰应该是非常华丽的 如果孔雀的感

觉是民谣 那凤凰应该是 R&B 加 Jazz 加歌剧的效果

这里的这只凤凰羽毛是灰色的 尾巴也没有很长 师傅说如果拍照的话 即使不用闪光灯凤凰也会知道 然后会死 有一次出事他好不容易才把凤凰抢救回来 他还说凤凰为了不让自己被别人发现 掉落的羽毛它都会自己吃掉 所以凤凰的羽毛很金贵 不过他养凤凰用了很多精力和资金 结果拍照也不行 羽毛也拿不到 于是有一天他很伤心在笼子前面埋怨凤凰说它不懂事儿 这时候 凤凰叫了几声 回头叼下一根长长的羽毛 甩了出来 这个时候 我觉得已经有点出神入化了 觉得师傅想太多

后来我们在师傅的带领下 又看了一些其他的珍禽 有一些非常地美丽 而且觉得师傅确实把它们养得不错 这时候对师傅的信任又多了几分

最后他带我们去一个小型博物馆 应该也是他的工作室 他拿出来一根灰色的羽毛说这根就是凤凰的羽毛 如果是一整根的话 价值不菲 这根是凤凰吃到一半的时候他从凤凰嘴里抢下来的 让我们摸一摸是多么地有立体感 还说 不论你把这根羽毛分得多碎 只要一抒它们就又连成一起了 说到这里 我在心里嘀咕 拿根鹅毛一抒也连到一起好吧 我走到小四身边低声和小四说 我觉得这个人想太多 小四笑了下 没说什么 可

能是我不识货吧 至于到底是不是凤凰 也就是个谜了

　　钓虾那天 有我落落 痕痕和李枫 老板娘给我们每个人一把小刀和一些鸡肝 虾米做饵 一个人发了根竿子 我们坐下没多久 我们旁边就来了个台湾的大叔 对面来了两个外国女人带着一大一小两个男孩也来钓虾 大概不到五分钟 我的鱼漂很明显动了 我一提 钓到一只很大的虾 我尝试把钩子拿出来 可是被虾的钳子夹住 当时一紧张 直接把钩子拉出来了 痕痕在一旁一边看一边喊 后来她说 安东尼你好残忍啊 陆陆续续地 落落 痕痕 李枫都钓到虾了 痕痕和李枫不敢拔钩子 我帮他们俩 拔得多了找到了不会被虾夹子夹到的窍门 不过我们钓上来虾的频率很慢 我旁边的台湾大叔 没多久就能钓上来一只 我恨不得把我的线下到他那边 这时候对面两个小男孩 年纪大一点的已经钓上来一只虾了 各种开心的样子 弟弟就很着急 没多久就起竿看看 一直都没有虾 然后他开始很认真地看着水面 我和痕痕在这边看得也很着急 痕痕和我说你看看他那个线是不是动了 是不是钓上来了 我看看 好像真钓到虾了 可是那个小孩似乎没有察觉 还是老老实实拿着竿子 痕痕说 你去告诉他一下啊 我说算了 不好意思 没多久他妈妈似乎看到了 让他把竿子提起来 钓到虾 小男孩很开心的样子

　　我们三个钓了十只左右的虾的时候时间快要到了 准备去一边的烧烤区域烤虾 我们站起来说着去吃虾的时候 忘记谁说了句好少都不够吃 这时候台湾大叔很热情地叫我过去 把他的虾都倒给了我们 我们一直说谢谢 我和痕痕说他可能看上你了 痕痕嘴一撇 冷笑了下

　　烤虾之前 我用竹签子 从虾尾巴 一直穿到虾脑袋 痕痕看了说 安东尼你好残忍啊 我心想厨师不都是这样么 放了油盐胡椒 在烤炉底下烤 我和落落叫了啤酒 虾子很新鲜也很好吃

　　傍晚时候去了台北故宫 之前我看过关于台北故宫的书 对台北故宫有一些了解的 也很期待 但是真的去了 小四和落落不停惊叹的时候 我也没觉得怎样 可能我文化素养不够 印象最深刻的就是在定窑瓷盘下 看到乾隆的诗"因思切已戒 敢忘作君难"另外最开心的就是 见到 快雪时晴帖本人（应该是本人吧）我觉得这个字帖写得很有正气 又潇洒 非常 handsome 内容也好 快雪过后天气放晴 一切都好 希望你也好

　　我买了快雪时晴帖的明信片 寄给大连的妈妈

『 鹿港小镇／W 酒店 』

在鹿港小镇的时候 因为之前骑车遇到下雨完全湿透 临时买了一条运动裤 运动裤粗得连大象腿都能放进去 在鹿港小镇 正好有祭奠 三太子排成队往前走 敲锣打鼓的 觉得很肃穆

放完鞭炮 我们去天后宫里拜拜 看台位的名称 应该是道教 我和痕痕都买了一把香 我觉得这个庙里面 至少有一百多个台位 正拜着的时候 小四走过来说 这里面连月老都有 本来我很认真地一个个拜过来的 被他这么一说 我就心不在焉了 最后终于找到月老的那个地方 我刚进去 就有女生也跟着进来 于是我觉得很不好意思 站着拜了拜就走了 走到天后宫门口的时候 我觉得不对 不能这样 就算不要脸了 月老我也得好好拜拜的 于是我又走回去 也不管那里有人 扑通跪倒在地 心里想了愿望 投了一张大面值纸币进去 拿了一根红线出来 落落说 她听当地人说 这个求到的红线 绑在手腕上 等红线自然脱落 丢了的时候 就是姻缘要来了 我自己系了下 晚上吃饭的时候就掉下来了 我心里想 有没有搞错啊 姻缘怎么可能这么快就来了啊 于是捡起来 让李安帮我系 李安很细心 系得非常认真 结果晚上睡觉时候脱衣服 又掉了 于是我就放弃 把红线放到钱包里面了

回家那天 小四 小西他们先走了 我直接飞大连 下午才走 于是打车去 W 酒店 因为我之前在 上海外滩的 Westin 酒店做过行政酒廊的工作 Westin 酒店和 W 酒店 都是喜达屋旗下的 而 W 酒店的风格很独特 我一直想去看看

到了酒店 坐电梯去了顶楼的中餐厅 在靠窗的位置坐下 看了菜单 觉得价格不菲 一碗牛肉面就要一百左右 于是我没点别的就要了一碗牛肉面 一边吃一边看着下面 下面有破旧的屋房 也有帅气的大厦

我喝一口汤 又吃一口面 满满的故乡的味道

我想台湾人这么喜欢吃 台湾小吃这么出名 很可能因为这里面有家的味道吧

那些关于文化 饮食 礼仪上的传承 比大陆做得还好 也可能因为 那里面都有家的味道吧

吃完面 收拾好行李 叫了出租 我也准备回家了

MY OWN LITTLE UNIVERSE

郭敬明 痕痕 落落 安东尼 李枫

THE NEXT·TAIPEI

郭敬明
我的推荐>>>
敦南
诚品书店
地址：台北市敦化南路一段245号

　　我第一次去台北的时候，和痕痕一起逛了很久的诚品——这个久负盛名，被大陆无数小清新和文艺青年奉为圣地的地方。其实按道理说，一个地方如此地被推崇，那么很容易在亲临时，产生失望的情绪。就像很多作者如果轻易地在小说里采用"接下来发生的事情，出乎所有人的意料"或者"谁都没想到，他会说出这样的一句话"，往往接下来发生的事情，或者角色说出来的话，会让人有一种"啊？就这样啊？"的感觉。

　　诚品书店也一样。

　　在我没有去台北之前，就已经在无数的杂志和小说里，看见了对于这个书店的描绘。而敦南诚品，更是以24小时营业而闻名遐迩。这样一个被无数人描写和推荐的地方，往往也很容易落入上面那种"见面不过如此"的尴尬境地。

　　但敦南诚品书店，却不是这样。

　　我和痕痕有一天晚上，结束了邀请主办方安排的活动行程之后，差不多已经午夜时分。台北的大多数商场和门店都已经关门打烊，于是，我和痕痕就打车前往这个久负盛名的文化圣地。

　　敦南店比我想象中更旧，它的旧带着一种时光摩挲后的气息，不是落魄，而是

沉淀。店里的灯光很宜人，暖黄色的色温，却没有炙烤感。空调开得很足，却不至于像大多数五星级酒店一样寒气逼人。

店内散落着稀疏的客人，没有想象中多。但正是这种稀疏，却衬托出了一种本应该属于书店的静谧。有一些年轻人坐在地板上翻书，地板上放着纸杯咖啡。有些打扮时髦的少女，坐在地上玩手机，她们似乎也没有要看书的意思，但却显得很自在。

诚品里能够买到很多在大陆买不到的书籍，有一些尺度也很大，我和痕痕翻得也有些咋舌。

走的时候，我带走了大概十本书。

第二次来台北，这次我们随行有很多人。我们又一次来了这里。依然是深夜，凌晨两点的台北街头已经没有什么人了。不像是上海，凌晨两三点依然是车水马龙。但上海的热闹是在各种酒吧和KTV，书店门口在这种时候，绝对不会有人。曾经的上海也有过24小时营业的书店，后来关门大吉。

这一次，离开的时候，我打包了三个大纸箱的书，托运回上海。

如果你有机会去台北，诚品敦南店，是一个消磨深夜无所事事时光的最好去处。

痕痕

我的推荐>>>

士林
夜市

地址： 台北市士林区剑潭路、基河路、大东路、文林路

　　去过两次台北，第一次是和小四参加"联合线上"的活动，活动当然很不错，全程有周到的安排，包括晚宴，但大约是太周到了，一共两天的行程，每天都被安排得非常紧凑，晚宴上和同行聊天，一直聊到近十点。我也试图打探台湾夜市的情况，但是由于人生地不熟，终究没有去成夜市。

　　第二次去台北，便是参加台北的活动，差一点又要错过夜市，那是由于招待我们的出版社编辑说"夜市里吃饭没有座位，所以我们不如先到饭店里吃完，再去夜市看看"。于是，我心猿意马地和大部队去了饭店，吃完饭，大家计划去阳明山看夜景，这时，编辑又问"时间不早了，还要不要去夜市"，大家的反应冷淡，而我觉得心都碎了……可是我这种人，一旦参加集体活动，就不敢自作主张，只能听从多数人的安排，好在小西和李安突然说，他们比较想去，于是曙光终于来了……

　　就这样，去了最有名的"士林夜市"。夜市在地下一层，走下狭窄的楼梯，一片明亮和睦的景象轰然而至，细看之下，偌大的地下商场，挤满了摊位，每一个摊位都是卖小吃的，而且种类繁多，几乎是没有重复的各种美味小吃，我一瞬间灵魂出窍，有一种置身天堂的梦幻感。我意识到自己情不自禁露出了笑容，有一种想突然昏倒，然后让身体与夜市的地面融为一体的渴望……没办法一一列举夜市里有多少种美味的食物，比如牛排啦，大肠包小肠啦，香酥蟹啦，油炸杏鲍菇啦，总之，足够令我叹为观止望尘莫及……我只想感叹，台湾的同胞们太幸福了吧！！有夜市这种美食的慰藉，人生还有什么可追求的?！

落落
我的推荐>>>
七星潭
地址：花莲市区东北方、花莲机场东侧

　　觉得自己差不多算是见惯了海的人，无论是上海周边那块布满乱石的"海滩"也好，去大连曾在星海湾被晒掉两层皮也好，三亚的海蓝得难以置信，或者日本神奈川的海滩上布满了穿着火辣的妹子和冲浪的少年，但在花莲时，直面着的太平洋，也许是天气缘故，我见到了有生以来只在梦中见过那么壮阔而沸腾，不可一世的海洋。"这才是真正的，我所想要目睹的海洋"。

　　平台上还有很多卖美味小吃的摊位，烤香肠和臭豆腐都很棒。台阶下就是沙滩，沙子不算细，却都是被打磨得圆溜溜的石头。然后浪来了，夜色下气势磅礴的海浪，可以很轻易地就摧毁掉一些原本心头轻浮的念头。总算见到了这样的海啊——一点不娱乐，一点不休闲，一点不静谧，也谈不上一点假日情调的本色的大海。天愈加地黑，让它愈加地勇猛，没多久它大概快要变成整个世界了吧，远处的灯火宛如苟延残喘地在维生。

　　大家都在海边拍了很多照，夜色昏沉下水汽也成了一种朦胧的滤镜，人脸一点点含混下去，没有冰镇的饮料或防晒霜呀，也没有穿标准的人字拖戴墨镜，心情却都是一致的起伏。过去所见的一切，都不过是海有意的温柔了，它其实是那么强大而英俊，让你在瑟缩中震惊，可继续迟迟地不愿意离开。

安东尼
我的推荐>>>
太平洋
炸蘑菇
地址：花莲市区东北方、花莲机场东侧

　　我是在海边的城市出生的 海对我来说并不陌生 但是目前看起来最接近我想象中的海 应该是台湾的海

　　花莲的海 属于太平洋 我们傍晚的时候赶到那里 太阳已经在天边 眼看就要落下去了 车子停好以后 我们一个个跳下去 我拉上外套拉链 穿过卖热狗 烤鱿鱼炸臭豆腐的广场 就看到满目的大海

　　我在寻找合适的词来形容 它不是我们在电视电影里能看到的海 没有 sha ～ sha ～ 的声音 它很汹涌但是不湍急 它是你最喜欢的小说里 那样的海

　　天色渐渐变暗 我把耳机放到耳朵里 放 Air 的《环球旅行者》很多时候我们都会带着很多过往活着 但是这个时候 你只会感觉到你这个个体 在天地之间 世界变得非常地纯粹

　　这个时候小四拿出手机 不知道在和谁通话 他还录了视频 一边录一边在嘴里说着什么

　　我顺着海滩一路向左走 走着走着走着觉得没有边际于是又往回走 这时候 小西来了 我说你帮我拍几张照片吧 我脑子里出现了 记不清什么名字的专辑封面的样子 装腔作势地摆了几个姿势 之后我和小西说 我给你照几张吧 他调了下曝光 把相机递给我 他站在对面 大海之前笑得天真一脸淳朴的样子

　　后来我们集合一起去饭店吃饭 这时候 天已经黑下来 路灯变得深黄 笼罩下来
　　卖小吃的摊子开始收摊了 广场上有大声台湾口音交流的声音 四五只土狗在广场上跑来跑去

　　落落买了炸豆腐 加酱菜 风很大的时候 我们围在一起分着吃 哦 对了 另外一个一定要推荐的 是 台湾的炸蘑菇 香得刚刚好 很开胃 金针菇炸了以后就变得很酥脆 杏鲍菇的话 炸了以后里面变得多汁 鸡腿菇切片炸 有淳朴的香气 我回来澳洲以后 竟然有人问我台湾什么最好吃 我觉得就是炸蘑菇

　　我愿意为了炸蘑菇 再回去一次台湾 可以一天三餐都吃那个

李枫
我的推荐>>>

远雄悦来
大饭店
地址：花莲县寿丰乡盐寮村山岭18号

　　我推荐一家饭店，名字叫做"远雄悦来大饭店"。这家饭店在花莲，一座山顶上，可以俯瞰花莲全景。坐车顺着上山的路左拐右拐最终到达这里，最吸引的人就是它的地理位置——山顶。空气清新当然风也很大。酒店内部陈设也非常别致，铺着花纹的地毯，拐角有各种各样的装饰。酒店房间也很大。每一处都很宽敞奢华。而且还有一个凉台，可以看到山下的大海，风景很美。那天也叫服务生洗衣服，效率极快，且送来已经吹干的衣服是工工整整叠在这个酒店专用的袋子里的，服务非常到位。

　　喜欢这里，主要还是因为这是一家可以俯瞰大海的山上酒店，并且一定要是坐落在花莲这座美丽的城市，后来和台北的人谈到花莲，他们都说"哦，花莲，好地方"。确实很好，早晨在酒店外的观景台俯瞰山下，心都跟着得到舒展。海风很大，天气也不错，让人留恋得都不想走了。

SOUTH OF THE BORDER

无题
文/落落

台北之恋
文/李枫

THE NEXT·TAIPEI

无题

文/落落

『 A-1 』

　　最近屋子的空调又坏了。坏得倒是不干不脆。风还是送的，却和室外一个温度。同许多有了些年头的老家伙们一样，没了自己的主动权。空调当成电扇开，明明是挺糟的事，为什么被我说得好像自己有多奢侈。有天半夜还真是被热醒的，人在竹席上像把自己当成一块红薯似的，这面煎热了，再换个面煎。

　　所以我这封信多少写得有些汗流浃背，希望你不要误解我的烦躁。

　　天是一日接一日地热了起来，早上被窗帘用一束武器似尖锐的晨光刺醒——我其实觉得庆幸来着，比起被隔壁夫妇俩的吵架声掀翻，这武器已经算得上温柔了。

　　对，就是和你提起过的夫妇，而直到今时今日，我依然不能准确地从他们的骂战中分辨出来，到底是在为什么而争吵。上一回干脆连前因后果也没有了，他们直接叱责对方是自己人生中的毒瘤，蛆虫，排泄物。慢慢地我几乎开始怀疑，也许他们是一开始便受到了荒谬的提示，误认为婚姻生活就应当是这样地过。

　　欸，你会不会突然地笑，看我写的"婚姻生活"四个字，你多半会笑吧。

　　事实上那家的妻子对我倒还是和气的，上个礼拜也敲门说家里烧多了绿豆汤，给我盛了一大碗，我到今天仍旧没有喝完。那汤味道不错，看来对伴侣的憎恶没有影响到妻子在厨房里的手艺，美中不足的是对我而言稍嫌不够甜，自己加两勺糖便也算解决了。

你多久没喝到这东西了？又或者我错了？我总是放不下这份浅薄的偏见和傲慢，以为你过着受苦受难的日子。虽然事实上，我可能是最没资格拥有这份傲慢的人？

我在想，如果之后离开这里，会不会也像那些从机场旁边搬家的人开始怀念曾经厌恶的飞机起落声一样，怀念隔壁夫妇一贯没有来由也没有尾声的吵架？

连这些都可以一视同仁地怀念——大概是我最近内心贫瘠得可怜，随便抓住些生活琐碎也认为能够依赖着它们打发些时日。

你猜得没错，我这次还是落选了。不知道是排在了第六名还是第六十名，总之没有成为被录取的五个人之一。当初去应征时买的高跟鞋和裙子被塞在了衣柜很角落的地方，白天才发现它们居然都生霉了。

啊，其实我没有你预计中的难过，我还好，相信我，不是自暴自弃也没有心灰意冷，我对这类的失败已经有了充分的准备，如果真的被选中，可能才是名副其实的不现实。之后肯定还是要再去奋斗的啊。这两天把打工的班翻了倍，机械地劳动倒也充实。

P.s. 最近看了什么书吗，我迷上了科幻小说，手头这套本想看完寄给你分享，但现在居然有点舍不得。

等你回来。

『A-2』

空调彻底地坏了，没有了送风，开始不停地淌水，好像一个临死的水果，我没有办法，只能花钱请人拆走，拔管子的时候一股墨汁浇了一地，猝不及防地被它溅了脸。之后便是一个人默默地把地板擦了，洗了脸觉得不够干脆洗了头和澡。

那会儿心情不算很好。

前天打工的时候组长领了个新人进来，让我带一带她，皮肤很白的女生，我一双手裹着巨大的黑手套，浸在泛酸的水池里，冷不防看她十根涂着绿色指甲的手指，

好像那个瞬间冷不住翻了个很典型的前辈级白眼。

但她和我说话时也不卑不亢，没有流露出胆怯。你知道我一向孬得很，由此非但没有抵触反而觉得多了一份好感。而事实上从后来的闲聊中才知道她比我小了四岁。

小了四岁啊。那是我遇见你时的年龄不是吗。

我告诉过你吗——早些个时候梦见了织布，它在梦里胖得有点慈祥，脖子肥腻地卡在猫项圈里，好像是被不知道哪个谁精心地照料过。连步履都比当年跟着我们时的警觉和活泼中散漫了不少，特别心宽的样子。如果不是那条猫项圈，我也许是会错过它的。而它带着我一路走，从你家的院子出来，记得之后是特别白和直的马路，然后又是特别白而直的沙滩，沙滩旁边有草丛，我还猜想它要带我去什么地方呢，它跳进草丛里，把那里翻得哗啦啦响，然后便不见了。我跟进去来回地找，但就是没了织布的影子。

我还记得你家院子的模样啊。虽然它在梦里有些衰败，可衰败的同时又欣欣向荣地长满了无意的植物。把那里装束得满满当当。我记得原来自己在那个角落的凉椅上坐过，你爸爸端来很甜的西瓜。织布用尾巴尖拍着地，地上没几天就要长出新的花来。一度让我怀疑它大概是有什么神力的，但看它的眼睛，又确定它什么都没想。

后来你把我衔在嘴里的勺子在我睡着的时候拔掉了。

淋着热水的时候，包括这些梦境都通通地想了起来。

心情不算很好。

该不会，织布跑着追你那儿去了吧？

你现在养了猫吗？或是别的，兔子？金鱼？一只总是不出声让人怀疑它是哑巴的蟋蟀？

啊，在网上找到了我之前说的科幻小说的电子版，虽然心里很对不起那个作者，一直犹豫该不该发给你呢。

今天先到这里。

『 A-3 』

找房东来更换空调果然百般艰难，只肯付拆机的费，不愿花钱买台新的，口口声声说是我使用的关系。

你觉得我是会跟他一争到底呢，还是恹恹地放弃了只在心里累积仇恨？

这事无意中说给宁宁听，她回答得不同寻常，"有什么呢，搞不好你认为忍下来的自己，其实是对房东给予了一种恩赐吧，你其实也没那么气愤。"

我和宁宁之间熟得不及你预料的快，可似乎并没有妨碍她直来直往地说话。虽然小我四岁，但行事风格不知不觉中让人觉得是我的前辈。我曾经见她在空闲中一边拖地一边抽烟，她抽烟的样子有那么一点点像你。不在乎烟圈的节奏和形状，只是从肺里逃逸出来的，没有对这个世界说出口的话。

大概是朋友不多的那类人，被贴上冷感、傲慢和狂妄的标签。可我的好感在不断地滋生，哪怕是说了算得上刻薄与攻击性的话，也不曾反驳以"你知道什么啊"。我觉得她其实知道得挺多。

　　而你同样是知道的。我就是这般德行不对吗，把自己的软弱美化成一种居高临下的恩赐。其实呢，天天热得睡不着。宁可仇恨自己的头发，恨不得把它们都剪掉。

　　"我不想和房东纠缠啊……只会坏了自己的心情还得不到想要的结果，所以，算了咯。"

　　宁宁干脆地不再接我的话，把我一个人晾在她未尽的烟味里，她自然觉得我是那类，既无性感，又没气势可言的默默大众中的一员——到这时，可以确认她和你还是很不相同的。

　　大概我这种人……想要仅靠自己赤手空拳去这个世界上讨一分，总会输得一败涂地吧。

　　非要等你离开那么久了，我才一遍遍地，像抚摸不再增长的身高刻印那样，把它无奈地确认。

　　因为嫌热，洗碗到最后便脱了手套，但没多久便坚持不住，指甲旁过去开裂的

口子又如同炸开的爆米花一样重新回来了。想着带一双这样的手，要去竞争在镜头前的演出，要表现"纯净"和"希望"，连我自己都把它判断成痴人说梦的笑话。

当初你是怎么肯定我的呢。你居然对我说"很漂亮"。

我还在消沉，有人来打了打宁宁停在店门前的自行车上的车铃，她随着声音出了门，等我抬头，宁宁在店门前和个男孩儿接了吻。男孩长着属于"比我小四岁"的脸，他手里也有抽到半路的烟，和宁宁不同的是，非但没有把他描摹得成熟些，倒是衬得更片片残酷青春的样子。

对于那个接吻，在远处围观的我着实没有准备，吓得手一抖。转到角落才把目光二度小心翼翼地施放出去，看得心里一甜一痛。

"要跟男友在外租房同居，所以打工也是必须的。""从十四岁开始认识，十六岁开始恋爱的关系，因而到现在，足以称得上是稳定和持久的交往。"这是我对宁宁为数不多的认知，和她左耳上的一排耳钉一起，和她大概是天蝎要不是射手没准是天秤的星座一起。料想她也未必住在比我更悲壮的陋室里，也未必拿着比我更拮据的生活费，可我又觉得她在某处远远地，远远地有着我贪婪地羡慕的东西。

我又扫一眼发生在她身上的吻。

写完之前那段后放了一阵，现在满头都是香波味坐回了电脑前。

被时间稍微冲淡后，就有些释怀了，我想之前远处旁观者的自己或许没有那么可怜。虽然，可能，我此刻过的日子不算多好，捉襟见肘的生计，前路渺茫的工作，还有一再自我放弃的斗争精神。有任何问题便只想抱头睡去，好像一个汗水淋漓的沉梦都比真实生活要来得好。

毕竟我可以在那里重新见到织布。

下次大概可以由织布带领着，见到你。

明天还要早起来的，那今天也先写到这里吧。

『 A-4 』

又一部电影红了起来，连老板的一对双胞胎女儿来了店里都在讨论个不停，我从她们背后走过的时候瞄了一眼她们手里的 iPad 屏幕，当然看不太清晰，只有个在雨中淋得一脸绝望的少年。

为什么所有导演都有默契似的，以为适合少年的一定是无法躲避的大雨呢。

不对，我没有提问的资格，明明我也这样觉得啊。

我最近频繁地见到宁宁的男友，他有着没落摇滚歌手一样飘忽不定的行踪，我和他有过简短的聊天，关于这个店，关于老板，关于宁宁，都是我提起的内容，而他只和我说宁宁。

"初恋啊？"

小松笑得有些勉强，我猜那是对这个形容的老套给予了不屑。

"你们看起来很般配呢。"我又补上了更老套的修辞——小松是他的名字，也可能是姓，也可能是网络 ID，我没有细究。

他问我："就你一个？"

"是啊。你找宁宁吗？"

"……"他不回答。

"她今天是休息哦，所有没有来过。"

"知道的。"

我察觉出了什么："……吵架啦？"

"有一点。"他比了个两厘米的厚度。

尽管说着吵架了，小松依然拿出一个小型的电风扇，是用夹子固定的，他把电扇夹在一条隔板上："你们这里通风不好，比较热……"

"哦，谢谢啊！"我反应够迟钝，当下并没有理解这是小松给女友的道歉礼物。

"……没……"因而他也有些踌躇的样子，最后还是好心地决定不要点破吧。他在我面前走动的时候便露出了背后的深色汗渍，像一片不规则的国土。

而小松比宁宁更温和，至少没有那么明显的墙壁，所以我才能知道，宁宁十四岁前跟姨妈住，十四岁后跟着小松住。小松十四岁前一个人住，十四岁后跟着宁宁住。他把这段事情说得尽量轻描淡写，我也配合地尽量轻描淡写地听。

"……挺好的啊，让人羡慕。"我词汇枯竭地，只有把手边两副手套反复地卷来卷去。

"好也谈不上。大概以后会一路潦倒下去，过不上什么'好'日子，不太可能——但我们都默认了，'行'，'这样就行了'。我和她的标准都很低的。一起活着，活到活不下去的时候死了，差不多也能接受。"

我看着他的眼睛，却没有把注意力集中在他的眼睛。哪怕听着再惊心动魄的故事，也不停地恍神。

关于和你的第一面，其实这事我一直在犹豫该不该说。最终又像担心错过了这一列车就永远也到达不了目的地般，想想还是说了的好。你看，还没几年，我就变成个有点婆婆妈妈的人。

而在几年前，在你看来的我，想要矜持傲然却又经常做出蠢事，涨红着脸的样子非常土气，往往别人都忘了那些难堪的过往，我却把它们在心里反复着鲜亮的光泽。你那时不嫌弃我，不知道该说是了不起还是迟钝。

但你知道我是绝不迟钝的。浑身都滋着雷达天线般的细胞，敏锐地捕捉着各种价值的微小。有价值的。没有价值的。有价值的好比商店开始进入促销时段，没有价值的好比这是家中药店。切，中药店也会打折么？谁知道呢，也许是药房老板嫁女儿，图个喜气。

说远了。回到不迟钝上。或许因为我的不迟钝，才使我在很远很远的地方就微眯着眼睛看见你。停车，右腿支地，书包移到胸前，垂头的时候脑袋看来特别小，侧脸似乎是在笑，从书摊老板手里接过一本什么刊物，太远了，看不清，只能肯定不是女明星抚着胳膊的特写。不过即使是女明星的话，我也不会改变接下来的说辞。

我转身扯着同寝的室友说："我们学校还有救嘛。"

没错呵，其实很早很早很早以前，在你不知道的地方，发生过这样的对话和场景。但是今时今日说给你听无妨吧，虽然你肯定要得意一阵，摸着下巴说"哦哦，我果然很有魅力嘛"。

我很喜欢看你得意起来夸张的微笑。拿这个逗逗你好了。

那是接触以前的事。我记得日子，9 月 30 日。刚刚入学没多久，我坐在宿舍窗台边有一阵没一阵地垂眼打量对面的男生宿舍，偶尔看见几个人光着上身在窗前扭动，举着脸盆啪啪啪地敲个没完，就打过手电去晃他们的眼睛。

手电光在半路就消散。夜晚前是漫无目标的笑声，无知无觉地点燃在空气里。一个水分子，一个氧分子，一个水分子两个氧分子。呃啊，还有化学明天要测验，头大。

很多天后我才知道你的宿舍在大楼另一面，面朝广阔的大马路，马路前有园林，学校里养的看守狼狗听说晚上会埋伏在那里。接着就有传闻说有学生晚上在那里让狗咬了。不知道是真是假，总之晚上那里成了心理禁区。

白天的园林看起来又是一番截然不同的模样。没有什么狼狗，也没有萧飒的鬼影幢幢。很多时候夜晚都能将白天定义的一切全部抹杀推翻。"颠倒黑白"或许就是这个意思，嘿嘿。不过因为园林离教学楼远，还是没什么人去，或许有诗意盎然的人去那里寻找灵感，又或许那人是《卧虎藏龙》的爱好者。谁知道。

但我既没有那么多诗意也不喜欢《卧虎藏龙》里的无稽，我那天跑去园林里纯粹是因为隔壁寝室的女生从那里挖了两盆花来种，当时学校规定每间寝室都得布置两盆绿化，大家不想花无谓的钱，都觉得这是个好办法。

挖花，应该不算偷吧，就当是移植好了。我和同寝的室友这么想的，干得也挺理直气壮。后来发生的你也都知道，有好几次我都以你的角度想象当时发生的情况，然后表情复杂难以言状。那是自然，换了谁，正在和女生亲热的镜头被个陌生的闯入者瞪着眼睛端详了几分钟，总是集尴尬恼火丧气愤怒等于一身的。

我当时只替那女生感到心酸。都说恋爱亲吻，美好得跟书页里的诗篇一样，偏偏男方在此刻非但睁着眼睛还怒目而视。还美好个鬼呀！

接着你很干脆地将搂在女生腰上的两手腾了一只出来，摆了个"快走啦"的手势，幅度里充满不耐烦的驱赶。我和同寝的女友还揣着太平幼稚的矫情，彼此低声惊呼后逃也似的离开。

一路上我和她陷入沉默，突然我停住步子拉住她："要不再回去看一眼？"

"欸？"室友眼睛在继续放大。

"万一那女生不是自愿的呢？万一我们撞到的是流氓呢？"

"……不像啊……还是不要啦！"

我和她一起朝那个方向张望，没一会儿你勾着女友走了出来，发现我们的第一眼明显不快，但接着脸上恢复漠然，打算把我们视若空气经过。

的确是直到擦肩的时候，我才认出，原来白天发现的那个书摊前的人，和你重合了一副同样的长相。只不过白天他拆了杂志包装后，骑车绕了一个很大的圈子找

到垃圾桶把它扔掉。晚上便是，在送走女友后，顺势地摸出烟来抽。

剧烈的反差下，却长着一模一样的脸。

我边听小松的描述，边回想着你。

有些模糊也很自然吧，想你可以理解。毕竟，一个人喜怒哀乐时本就有许多不同的神态样子，当它们累积得足够多，越是复杂也就越难以在最简短的时间内被笼统成一个模样。

我想或许你也有些模糊了我的样子。没什么信心，能够坚定地以"漂亮"的样子留存在你的记忆里并持久如新。

"一起活着，活到活不下去的时候死了，差不多也能接受。"

P.s. 把那部电影找来看了一下，虽然导演同为华人，却多少还是有距离感。我们

的教室后排没有那么疯狂的捣蛋的男生吧，上课打飞机实在是难以想象。我们的学校制服上也没有绣自己的名字——其实这会方便得多，特别是苦苦想要知道某个人姓什么叫什么的时候。

你看了那个电影没有？应该是看了的，它既然那么红的话。

该不会最喜欢的是开头那段打飞机的情节吧……男生，欸。

『A-5』

宁宁过生日了。昨天。而我是直到今天下午才从小松那里听说的。

"庆祝过了吗？许的什么愿望？"这段日子下来，我已经乐于在宁宁面前维持一个聒噪的八婆样。

"要什么庆祝？我不过生日的。"宁宁的刘海被小电扇吹得拂动一点，她说得很平静，可我能感觉到心情是好的。

"小松没准备什么给你吗？"

"有，我们过夜了啊。"宁宁掀起一个调戏般的嘴角。

"……哦，舒服吗？比起以往的话。"我也开始这样厚脸皮地搭讪了。

大概我和宁宁之间，渐渐地，变得有些相熟的关系了吧。虽然她一定是羞于承认的，一贯的冷言冷语风格没有减退，可在收拾我们更换的围兜时，会把我挂的那条顺手理平，或者给我留多一杯今天店里留下的哈密瓜汁，然后有天也问了我"要不要去一起吃烧烤"。

我觉得可能要和她变成朋友了。

你大约不能体会。我对这件事有异常的欣喜。好像看见原本已经被认定不可能发芽的种子，却有了细小的嫩绿。

啊，"种子"的事……你若还记得，大概也和我一样笑了笑吧。

从学校角落偷来的花苗一直没有活，后来我决定用自己吃剩下的桃核试试，每天对着它浇水。后来同室的女生玩恶作剧，往里插了一株杂草，骗我说是真的发了芽。我信以为真了三天，直到看见它软塌塌地快死了，认定是自己照顾不周，又听了建议，准备把它移植到"广阔天地"里。

我就带着那株杂草又回到了学校后的小园林里去挖土。在那里第三次遇见你。

作为一个谈不上相熟的人，你足够刻薄，询问的口气更是在问清事情因果后变得狂妄。你哈哈大笑，说我是个做作又爱演的白痴。

"你放眼四周看一看行吗，地上这些，角落里的全是'桃树'嫩芽不成？笨得有够彻底。"

"用得着这样说吗？！"我其实想把手里的花盆扔到你脸上。

而你继续笑得大声，临走前也不忘继续挖苦我："记得把它种在没什么人路过的地方哦，不然它会更害羞！"

我在想，被草草埋在那里的，那一棵——应该是永远不会变成让人觉得"奇迹发生"了的高大的漂亮的植物吧。应该很早就死去了才对？虽然杂草的生命力很强，但是……我有点想回去看一看了。

顺便会路过你的教室和我的教室吗。

原来小松还是有给宁宁准备生日礼物的，只是这话我从宁宁那里不可能知道。小松说他攒了一阵的钱去给宁宁买了条好细的手链。趁宁宁没注意的时候钻空子来问我"她有说她喜欢吗"。我和气地扯谎"说很喜欢呢"。小松雀跃的样子其实和他的摇滚打扮非常不相符，他最近瘦得有些脱形，一双眼睛史无前例地大却疲倦。

我不能猜测他们到底过着怎样具体的日子，宁宁在打工结束后在小松的车后座上睡着了。大概是怕宁宁掉下来，小松是下了车一路推着走的。他回头看见我的时候冲我挺腼腆地点点头，我也摆摆手用嘴型说了个"路上小心"。

你倘若能够理解我那时心情的十分之一。

后来我们是怎么在一起了呢。你的第×任女友和你如往常一样第×次地分手时，是在你无情地嘲笑我白痴之前还是以后呢。而从你无情地嘲笑我白痴后，又是过了多久，我在演播厅里和别人一起看着热播电影，一直临到结束，我从一场安稳的瞌睡中醒来，身边左侧的人一下换了，高度变了，靠近一侧的手臂上的衣料也变了。

事后才听说你是因为挡住了后面的视线所以被请求换到我这一排来的。可在那个当下，我心里有着如同斑马线般穿插的平静和不平静。均分，而无限。

你在电影散场的时候问我要了电话对吗，你还记得么，"可以吗？"你问得一点也不挪揄，不玩笑，不带讽刺，我最初酝酿下去的材料通通没能化成攻击，而是变成数字，在我自己都觉得头晕脑涨的时候，逐个逐个溜了过去。

今天大概是，知道了宁宁的生日，所以格外胡思乱想了吧。我和你在她此刻的年龄打了第一通电话吧。

这样念叨着，连房间里没有空调冷气这件事都不以为意了。甚至相反地，这样温乎乎的，潮湿的低气压，让我觉得有点舒服，好像浸入在接近体温的水中，于是开始感觉不到自己了。我大概化在所有回忆里。包括隔壁夫妇的吵架声，他们骂得更难听，控诉对方是如何管不住自己的性器官，我听到妻子突然用哭腔，然后是锅碗的摔打声。

真是奇怪，明明谈不上半点儿浪漫，温柔，安静，甜美的场合，我却可以毫无障碍地，干干净净地回想往日。

我也许是发烧了吗？

这和体温一样的空气，或者和空气一样的体温。

「A-6」

我果真病了两天。原因还真无法判断，何来的感冒呢，明明过着挥汗如雨的日子，吃饭的量也从不为了减肥而刻意控制。

病得昏昏沉沉中，好像宁宁曾经打过电话给我，话筒里她似乎有问过"需不需要送你去医院"，我应当是谢绝了"没什么事的，多睡一下八成就能好"，她表示同意"这也是我一贯的治病方针"。

最后是由小松接过的电话，说宁宁之前煮了很多的酸梅汤——哪怕她真的很难让我想象到这样的形象——小松可以顺路给我送过来。

然后我便不太记得了，是嘟嘟囔囔说"不用了多麻烦啊"，还是"嗯嗯"地就这样应允了下来。至少到现在小松还没有出现，那应当是被我谢绝了吧。

　　酸梅汤啊，和之前提及过的绿豆汤一样，你会不会怀念它们呢。

　　其实你对甜品明明没有什么兴趣。每次和我去类似的店堂里坐着却点一壶完全不符合气氛的茶。你边喝边看手机，被我拽着于是和我聊两句。

　　我肯定也是问过那些逃不掉的，无法高明起来的问题，"之前到底交过几个女朋友"，"你对我有多喜欢"，就差那句让人出局的"和妈妈掉到水里了先救哪个"了。

　　幸好——抑或是不幸，当我知道你的母亲在几年前从你的家庭里消失而去，"她和一个常来我家聊天的叔叔走了，那叔叔我还很熟呢，叫他咖啡叔，因为他跟我父母那一辈人不一样，不喝茶的反倒很时髦地习惯喝咖啡，所以我妈看上他，似乎也不太奇怪"，你把这话是在等待地铁换线时对我说的，还是在一家冰淇淋店前说的，还是边打电脑游戏边说的，"我爸后来去找咖啡叔算账来着，结果被对方一顿揍哈"，总之你把那个句尾的"哈"发得极其自然，自然得让我没有意识到。我看你把身体做成毫无防备，毫无攻击的姿势，上去揉了揉你的头。你很乖张地笑了笑"好像每个女生都爱听这种"，把我先前建筑的柔情蜜意又釜底抽薪似的推倒了。

　　"……喂！"

　　"没说错呀！"

　　"不好吧，这样利用别人的同情心啊。"

"我可不是把它作为博人同情的故事说的欸，你非要自己往里跳——其实我一直觉得咖啡叔是个不错的人，我妈看上他我觉得合情理。毕竟她有权利追求更好的生活。怎样？是不是感觉更糟了？"

那个当下，我想起很早很早以前，和室友无意中撞见你和女生接吻，你太熟练地不受惊吓，摆手让我们这些闯入者赶紧离开。其实在离开的路上室友曾经对我说："那种一看就是没爹疼没妈爱才落下的病根。"

刚才小松来了，所以暂停了一会儿。原来我的确糊糊涂涂地便接受了宁宁的手艺。

小松只坐了几分钟便走，在他走之前我想起什么来，从衣柜里翻出自己几乎再也没有穿过的两双高跟鞋，让他带去给宁宁，作为一点微不足道（或者是很惭愧）的回报。

宁宁的口味果然也不是像我这般地偏甜，酸梅汤第一口让我狠狠地缩起了牙齿抽冷气。但也确实，因此有点清醒过来了。

那部原先没有机会在国内播放的电影似乎又有了机会。我有些犹豫要不要去看，因为在网络上已经能够看到盗版。可一方面觉得这不是个好的行为，另一方面又很想去影院的原因是——少年在大雨中的镜头，无论如何，渴望亲眼见一见。

「 B-1 」

担任辅导老师的第三年，有一个病人从分院转了过来。

第一次见她的时候，精神良好，说话有条理，为人也很亲切——但这些在我看来已经算不得什么了，前一步在静静看着书后一步就开始撕下书页往嘴里塞的人对我来说早已见得够多。

读了关于她的报告，还不算严重，除了有妄想外，没有最危险的武力和自残倾向。情绪容易消沉，但还在可控制范围之内。

所以我和她在院子里聊天算是会面的开始。

她长着一张很适合在春天里相遇的脸——我所指的是，有让人惬意和放松的神情，还留存女性的甜蜜，以及如春天这个季节一样短暂的生命力。

"张医生比我想象的年轻多了。"

"每个人一看我的名字，都认为我至少五十多岁啊。"

"是真的呢，张医生小学时肯定过得很慌乱吧。"

"说中了，我小学时的班主任可是有个比我不正经得多的叫'梦甜'呢。"

"嘿嘿。"她像普通地在和同事聊天中那样自如地笑了。

"上午做了什么呢？"

"看了会儿书，睡了一觉。"

"哦，是么。做梦了没？"

"好像有，又好像没有，醒来又没有印象欸。"

"嗯。马上要吃午饭了吧。"

"是啊。今天轮到我值班。"

"要洗碗吗？"

"哦，没关系的，我以前还靠洗碗赚过生活费，1000 个里只打碎三个的高水准啊。"

我越来越疑惑——至少太自然了，倘若过往和其他病人的对谈再顺畅，可顺畅只是一个表面的迹象，必然有一两个问题的回答里透露着他们的焦虑所在。

"……看的什么书？"我只能捡起之前的话。

"漫画啦。"

"别说得好像我完全不感兴趣的样子啊……"

"啊哈哈，失敬，但只是一般的少女漫画。"

"男生女生，谈恋爱那种啊？"

"是啊。"

"啧啧。"

"我也是能看的啊。"她拿一样的句子又问我，"我也是能看的吧？"

"……能看。"

算不上最糟的经历——前半部分，女孩的恋人突然仓促地出了门，路上出了事故，被剩下的无法走出噩耗，也是许多人在遭遇类似境况时会采取的自我保护。大概从那时开始她有些神情恍惚，但这却只成为了开始而没得到自然的结束。

同办公室的女医生们对她格外同情，听她说越正常的话回来后心情越沮丧。"只是单纯地幻想，又没有伤害任何人，反而遭遇比谁都来得惨烈。"她们在聊天群里把她讨论来讨论去，"很想为她做点什么啊。"

我在午休后巡到她的房间，她很专注地托着下巴看电脑，察觉背后有人便回过头来，"哦"了一声。

"哦"得很欢快。

『 A-7 』

事实上，你从来都希望母亲能回来，至少看你一次，和你父亲吵架也好，把你们骂得乱七八糟也好，是这样吧。

不然的话，你也不会那么突然地，在夜晚，只穿了最简单的衣装，带着手机和钱包就这样出门了。

你那天听到了她要出发的消息不是吗。她要去到无法轻易见到的地方，因而至少这次，没有能够忍耐住，对吧。你在出门前还不小心踢到了挡路的织布一下，它大概很想用爪子用力地报复你，却连你的裤腿也没有抓到。后来把你的鞋子从现场捡回来，织布什么都不知道，却把四条腿钻在里面蹲了两天。

连织布也不开心了吗。

我为什么忽然要说这些了呢。

哦，对，是因为宁宁死了。

"一起活着，活到活不下去的时候死了，差不多也能接受。"我记得那是小松说的话。

『 B-2 』

警察最后一次出现倒不是来调查案情的。大概是如同事们所说的一样"想做点什么"，给了我一个牛皮纸袋，我稍微有点恐慌，问："不是什么遗物吧？"

"当然不是。"对方连忙摇头，和我一起朝某个方向看，随后好像吸了很长一口气才开口，"案子查得差不多了，送去检察院了。"

"哦。"

"和她没有关系。"

"嗯。"

"但也是……"

"嗯。"我有些打断他的企图。

同性的朋友有天来拜访却没有遇到人，在门口等待时结果被误当成邻居男主人出轨的对象，让邻居的妻子用水果刀划了一下，120赶到时已经没有挽救的余地了。等外出归来的她扒开闹哄哄的人群时只看到一双自己送的鞋子在血泊里像快要出港的小船。

"一些书，还有点电影的光碟。你们这里要是可以的话，就替我给她好了。让她打发时间吧。"

我拿着那个小有重量的纸袋，它自动地晃个不停。

『 A-8 』

如果——就不至于——

如果——就不至于——

如果——就不至于——

我想开始试试这样的造句。

可是，结果肯定没有任何改变啊。

『 A-9 』

我最近开始看新的电影了，自从之前和你说过，那会儿看的是个笑与泪并存的恋爱电影，是台湾的导演所拍的，最近看的则是台湾另一个导演。很喜欢。包括每一个电影的名字。《恋恋风尘》,《悲情城市》,《戏梦人生》,《最好的时光》。

《最好的时光》是个分成三段的爱情故事——下次，你，我，小松和宁宁一起看就好了。

台北之恋

文/李枫

　　从香港去台北的飞机上人很少，他坐在靠窗的位置望向脚下的海湾，三面环山，一面是无际的海，他看着飞机像某种鸟在跑道上助跑一阵冲向这片海，心里突然又开始幻想它是否会冲进海里。

　　像以往任何一次乘飞机漂洋过海，他又产生这样的幻想，他总觉得飞机会在半途中跌进一望无际的大海里，有时是在助跑过程中，有时是在降落的瞬间，他都会觉得它们也许会出故障，或许是没有安全感，可每一次飞机平安，他也不会跟着心安，他在心里想"哦，也就这样"，然后蓦地想起以前看到的一则报道，说飞机失事几率远低于陆上交通事故，他很不屑地想："飞机有多少，车又有多少？"但他已忘了那报道说的究竟是单纯的飞机坠毁还是两架飞机直接在空中相撞的几率。

　　但是那么希望飞机坠毁，是他在长久的迷惘中养成的癖好，坐上飞机总会祈祷，好像只有这样壮丽的结束才能让他感知到生的刺激。

　　一个早已沦为丧尸的男人，沉默寡言，不苟言笑，对任何事物冷酷且淡漠，握在手中的只有一份让他筋疲力尽的枯燥工作和一段因为长久分离而早已消失殆尽的感情。生活是死的，他经常这么想。

　　他看着窗外闷色的海水像沥青般汩汩涌着，来来往往的货船无力地驮着集装箱在一望无际的昏蓝上划出一道道白线，商业的社会，干燥的画面。他已经在香港停

留了三个月，为了家族事业，这次去台北也是为谈一桩生意。忙碌让他麻木。

　　好在 2 月的台北是他喜欢的季节，这里没有强烈阳光，淅淅沥沥时常小雨。他喜欢这种阴郁，似乎在这种时候他才能和这个世界达成一种统一，因为这时的世界是理解他的，他一直觉得没有人能理解他，但是这样的天空可以，他们有着同样的心情和对这个世界的失望消极。

　　在酒店放了行李本不愿再出去，但看在今天天气的分儿上。福华饭店，张惠妹出道前在这里的 PUB 唱歌。

　　大概所有大陆人都会在台北街头体会到一种又远又近的错乱距离感。来往的路人一口国语，黑头发棕眼睛，一个血脉，但就是觉得中间隔了什么。心中有一层薄薄的透明的但是坚硬的纱，很是遥远，来自于历史和漂流，这是心壁间的隔膜。像是在新加坡，遇到华人总是想问："你是哪个省的？"对方回答说是土生土长的新加坡人。

　　空气像是来自热带，与从海上飘来的湿热，吸到肺里有一种滞胀感，满满的，肺也变得润泽。他两手插在裤子口袋里埋头走着，走过名店走过橱窗，路过两根长方体式的赤黑色大理石柱。

　　下台阶的时候突然觉察到什么，回头望去，看见一个背着包的少女，正靠着大

理石柱的一个面拨弄着手机。

他的心里突然一震。

他想她或许是个高中生，然后又想到了"爱"这个字，因为在他的世界里，学生时代和爱总是连为一体，他一直觉得最美的爱情都是在校园里，或者年少时，别的时间都不可能有，步入社会是另一个阶段，人对任何事物的看法都是物欲化的，包括爱情，为了生存人会变得越来越自私，但这就是人生的一部分，必须要走到这一步的。他不禁有些伤感。

后来一路上他的脑海里总是浮现出这个画面，赤黑色的石柱，洁净的少女，这大概是他在这座布满阴霾的城市见到的唯一明亮的事物了。年少、纯真、干净，这些都是他不可能再有的东西。回到酒店用水冲了把脸，打开 NOTEBOOK 开始工作，时间滴答滴答带不走他的孤独与困惑。在酒店的生活中，他经常一个人半卧在床上神色游离地看着 MTV 频道，听重金属的音乐或是偶尔的钢琴曲。

有时是五花八门的综艺节目，满屋子都是嘻嘻哈哈的喧闹，但其中没有他的笑声。

心困倦了的时候就去淋浴，哗啦啦的水声塞满他的耳朵时，他的大脑可以有一瞬间的短暂空白。有几次在浴缸中的沉睡，只剩下最后一丝温度的水在梦中就像冰

冻的海潮要将他淹没。

忙完一天的事情后他喜欢在夜晚的台北街头散步。一个人的孤独可以与所有消沉低落的景物惺惺相惜，这是除却阴天外，第二个让他与这世界互相理解和慰藉的时间。不过他在路过那两根大理石柱时，又遇见了那个女孩。似乎无家可归，几乎天天都在，安静地靠着大理石柱拨弄着手机像是在上网或发简讯。

他路过她，总是会快速地看一眼。

有一天已经是凌晨了，他出去买烟，路过那里，那女孩还在，困倦地靠着大理石柱，也许是站累了，腿酸了，想要蹲下，看见他插着口袋从身后路过，又赶紧站起来，旁若无人。

他对她很好奇，从便利店买了烟回来，靠在大理石柱的一个面抽烟，女孩在另一面拨弄着手机，世界静得只剩下两个人，偶尔响起的车音只会让这条街显得更加空旷和荒凉。

"这么晚了还不回家？"他猜她也许需要帮助。

女孩拿着泛着白光的手机，抬起了眼。

也许他只是为试探自己是否还有交际的能力，这是他来台北后第一次为个人的私事说话，不包括他叫酒店的服务生为他洗一大堆衣服，每一天的公事和商谈都让他忘了自我的存在。而她不回家，只是因为无法忍受父母无休止的争吵，天天飞来飞去的器具总会有意无意牵扯到她，每一天她都尽量晚一些回去，甚至想要离家出走，但又觉得无处可去。

他突然有了些感应。他也想要逃离。

两人聊了一夜。

他们成了在这城市唯一能互相感知的朋友。她每天下课后不回家，在这里打发时间，而他在忙完一天的事务后总会散步到这里与她说话。他喜欢她洁净如新的样子，总是会睁着大大的眼睛专注地看着他说完一件极其无聊的事情，好像她能懂得他的世界。

她知道他刚来台北不久，带他去各个有名的街市上逛。他喜欢和她在一起的时间，好像那样心就停止了衰竭。

台湾夜市上的小吃种类繁多，这个岛在独特的人文因素和地理环境下开创出了极其丰富的饮食多样性，一定会有人在吃完一条街后站在另一条街的街口感叹"这里的小吃完全可以在全世界的美食中称王称霸了"。看着人流如织风起云涌的场面，用丰盛和旺盛来形容这里的小吃和小吃业都不准确，一定是昌盛和鼎盛。

你也不要质疑"一定不合我口味"，你只要不停地吃就够了。

那天晚上他们吃了蚵仔煎、甜不辣、两袋一口蟹、一块比脸还大的鸡排、一块裹着鸭蛋黄和瘦肉的类似月饼的点心、两杯奶茶、一杯乌鱼子还有一盒菠萝、莲雾加芭乐。

他也喜欢喝金橘柠檬，冰凉酸味的液体刺激他的味蕾，她说有一条街甚至可以不花一分钱就能吃饱，因为每个摊位上都有试吃的部分，街那么长，摊位那么多，试吃到头就饱了。

他们坐在一个摊位上吃卤肉饭，还有一家面线，甚至没有座位，顾客们都站着吃，依然门庭若市。他起初以为自己一辈子都不会去一家站着吃的店，但如今自己和她一样坐在各个拥挤的小摊上吃着他一直觉得卫生条件不佳的小吃。虽然他西装革履地坐在那里显得有些拘束。

他们去台北故宫，虽然与北京故宫相比，这里稍显逊色，但毕竟藏有国民党南下时带走的北京故宫数十万件精品。历史遗留下来的图画，两岸都看不全。最著名的莫过于《溪山行旅图》和李唐的《万壑松风图》，器物类则是西周的毛公鼎——铭文最多的青铜器，器内篆刻了 497 个字，据说以前估计青铜器的价格，一个刻字就可多加一两黄金，可谓价值连城。那天展览的翠玉白菜和肉形石在最顶层，是台北故宫镇馆之宝。翠玉白菜上的虫有一根虫须已折断，不完美。

他背着手看《溪山行旅图》，北宋范宽名作。一座暗色的巨山平地拔起，几乎占据了全幅面积，整幅画膨胀得令人呼吸局促，点睛笔在山间的瀑布上，给压抑的山间留有一道呼吸的空处，山下的小人和牲口从远处走来，渺小的人和巨大磅礴的山相比透露出一种引人入胜的恐怖，自然与人的和谐，但这太过伟岸的山和小到虚无的人还是更多地传达出一种不确定，对宇宙，对自然，对万物的肯定、质疑和不确定，自然与人的平衡或者不平衡。色调和古物特有的斑驳昏暗助长了这幅画的神秘主义。

北宋的小人儿还在画里，而镜中的自己却已不甚明晰。

画总是能让他有诸多伤感的联想。他们去看翠玉白菜和肉形石，"白菜"象征清白，根据玉石本身的色彩顺势雕琢而成，白的地方雕成菜身，绿的地方琢成菜叶，恰到好处，自然与艺术人文的完美结合。肉形石则是大自然鬼斧神工的精品，一块五花肉惟妙惟肖，肉皮上的毛孔都清晰可见。这些都是可遇而不可求之物。

他喜欢看这样的展览，以往在美国会专程看一个艺术家的画展。对于现代的浮躁的人而言，在都市生活里能拥有一个安静的地方看一些奇珍应该是必修课，人被美和珍贵的事物所吸引，会变得专注而稳定。

而她早累得坐在展室外面的长椅上看着他。展室里，他背着手正仔细打量一幅名画。到了闭馆的时间，俩人才匆匆跑出来。

他似乎很开心。夜晚他们去阳明山看夜景，一路上仍在聊古画，直到山顶的台北夜景出现在眼前，才又被现代社会的灯火所淹没。

但是这又是一种极致的美，无数的灯火像撒落一地的星星，铺散在眼底。

"那是101大厦。"她告诉他，随即她站到一架望远镜前，往投币口里投进一枚硬币，两手抓着望远镜的握柄要他来看，"能不能找到我们相遇的那条街？"

这里全是来融入夜晚的年轻人，很多情侣。还有很多少年爬上路旁的围墙，盘腿坐着，喝啤酒。他也爬上去，像一个不学无术的不良少年，一条腿放在围墙上，一条腿在空中荡着，还对她做鬼脸。生命中那些再也没有了的东西又在这个时候折返回来。

他们在西门町打电动，他穿上刚买的带兜帽浅色外套、烂得不像样的牛仔裤，踏着满是金色配饰的靴子和她坐在一个机厢里玩海盗们的枪战游戏，噼里啪啦进行一场世外的冒险，之后去看一场电影，他抱着爆米花桶居然感动于其中一个烂俗的细节。

　　他知道自己可能活过来了。她的新鲜稚气和活泼赶走了他的阴霾，死去的悸动又复活了，和她在一起，那些东西都会勃勃地跳动，就像打电动时她用夸张着台腔开玩笑说："先森，你这样穿很帅哦。"他有些小尴尬，转过身装作毫不在意，"哦，是吗。"也一如一个小孩。

　　他不太在意自己还有繁重的公事要处理，他早就厌烦了那样无休止的日复一日。当年读书时的愿望是做一个独行侠游历世界，而不是在冷铁世界中孤独存活。

　　他延期与商业伙伴的会议和她去自由广场喂鸽子，他笑着看她对鸽子说话，她说那是他们的语言。去士林官邸散步，这里曾是蒋介石和拥有世界上最多旗袍的宋美龄的住所，草木气氛浓郁，现在已改造成生态园区。

　　"能有一个这样的庄园也不错。"她走在前面像是一位女主人。

　　他也曾有一刻梦幻地想过在台北买一座房子，从此定居。这天他们路过城隍庙，她拉着他要进去拜，他是无信仰者，商界的人多有信佛，像是经济起伏不定，饱暖中的人更见罪恶和无常，有钱人的善和恶都膨胀了，他也常见自己的父亲虔诚拜佛，遇见佛尊总是很敬重，但他从未被感染过。

　　大陆人一般很少有深刻信仰，信佛教也只是惯性思维，但是在台湾这种风气极盛，或许在盛唐时期也不过如此，虽然因为历史地理原因各宗教面目都有所改变，但崇

尚中华古文明的风潮只有在台湾留存得最好，甚至有整条街都是看面相的，虽然他对面相学和骨相学也惯性地不相信。

庙中人潮涌动，他站在门阶上看到的只有大大小小的人头，他只能贴着她走，不然一个回头就会走散，这时她突然抓住他的手。她牵着他侧身从人缝间穿过。"我要进去拜一拜。"她说。

"我在这儿等你。"他不知道要进去拜什么。

"不求事业吗？"

他坚定地摇了摇头。站在一处人少的角落。这里拿着香烛充满虔诚的人让他觉得不安，从人群中穿过时生怕那些点燃的香烛会烫到自己。他也不愿与任何人有身体接触，一种迷信般的抗拒。

其实他一定是被父亲感染过的，只是他一直想要摆脱这种生活摆脱这样的一个自己，因此强制地拒绝这一切。

他宁愿无信仰地活着。

她回来后说她许了一个愿，他谙熟世故不问内容，因为她也一定不会让这个愿望不灵。他们依然牵着手，一个年轻但成熟的苍白男子和一个不爱回家的学生少女。

约好周末去钓虾，在一个半开放式的凉棚，中间两座长方形水池，水池中汩汩

冒着氧气浪，他们拿着鱼竿和一盒饵——晒干的小虾，在水池边选了一处位置坐下。虾吃虾，他觉得好玩。

她教他如何用饵，把干虾的头和尾去掉，只留虾身，然后挂在鱼钩上，这种鱼竿有两个细小锐利的钩，要放两个饵，然后抛竿，静静候着，和钓鱼无异。他照做，但怎么也钓不上一只虾。也许是太急躁了，这个是需要耐心的。可是就连身边的她也钓上来了一只银蓝色的大虾，他还是一无所获。他看着水池对面的那个人不断提竿不断钓到，他想要不去对面试试。

于是他坐到了水池那面。坐下的刹那他突然觉得自己居然把一场消遣也在潜意识中模糊成了商业竞赛，一定要和她比个高下，不然他会急躁。他不喜欢这种感觉，竞争的生活成了本能。

或许也只是一个男人不愿示弱的本能，他看到她站起来又提上来了一只，又一只。但这不是力量游戏，这考验的是耐性和经验教训的总结能力。再加上一点运气。可是什么不需要运气呢，他看着他在水中的鱼漂动了一下，又动了一下，运气来了！他兴奋地站起来一拉，结果对面的她"欸"了一声，水池上空一条笔直的鱼线连接着彼此——两人的线在水中缠到了一块儿。

他笑着坐下，钓到了一个永远。

后来他还是赢了，只要掌握了耐心和技术他就能一只一只收获到手软，他非常聪明，具备高速的学习能力和悟性。他们把那些虾都烤了吃，在钓虾场的烤炉里，把新鲜的大虾滚满白花花的盐，在烤炉上挨个摆好，过一会儿虾们都变成橘色，剥开壳，肉质洁白鲜嫩出水。

那是愉快的一天。

他为了她无心工作，已经到了该要回去的时间，但他仍以事务繁多没有办妥为借口拖延，家里对他施压，他索性关了手机断绝一切联系，心里想，那么远走高飞好了，我不玩了。

她也不再是那个靠着大理石柱摆弄手机拒绝回家的少女，她找到一份在便利店的工作，假期就在这里打工。他经常来这家便利店买东西和她约会，但不是很方便，这次他一进来就说："我们走吧？"

她一愣，"走到哪儿去？"

他不希望她在这里继续干下去了，很累。她说她要努力存钱，过上自己想要的生活。他想了想说："我雇佣你。"

他们开始远走高飞，南下旅行，她做他的导游。

　　他开着生意上朋友的车和她离开台北，台湾山多，一路上见到的都是起起伏伏的青山，台北郊外的山上有一大片坟场，像层层矗立的灰白色废弃小楼，她告诉他这是"夜总会"。

　　一定很刺激。

　　开了很久很久，遇见一条很长很长的路，路两旁都是棕榈树，很美。他想这条路要是没有尽头就更完美。他们俩戴着大墨镜，车窗外灌进的温暖的风吹乱他们的头发，说着笑着，就像一对年轻的夫妻。

　　他掌舵，带着依赖他的她。

　　在一条人行道前停下，看见一只会过马路的狗。狗看见绿灯亮了，左右环顾了一下，慢吞吞地走过去。

　　寄存了汽车，两人穿着白 T 恤背着双肩包去乘一辆火车，就像两个高中生，在空荡荡的车厢里懒散地坐着，吃着薯片和虾条，看着窗外的太平洋一片浩瀚的蔚蓝。

　　他告诉她，以往总是会有飞机坠落的幻想。坐多了飞机，总是怕它掉下去。

　　她静静地听着他讲那些关于空中旅程的记忆。他说小时候和家里人一起外出总是分头坐飞机，爸爸坐一架，妈妈带着他坐另外一架，怕一架坠毁全家死光。

　　"好麻烦哦。"

　　"不然财产无人继承。"

　　夜晚，他们来到了花莲，住在山顶的酒店，车顺着美丽的山一层一层游走上去，夜景深蓝甚至可以闻见夜的幽香。

　　他觉得他们就像是一场充满迷幻色彩的梦游。

　　想起了那句歌词，"开往山顶上的车子里，播着让人想哭的歌曲。"年少时听过的一首歌，不知为什么至今仍清楚地记得这两句词和旋律。上次和她一起在阳明山看台北夜景时也在刹那间想起。

　　也许爱情都是伤感的。

　　他们住在同层的两间。这个酒店极美，因为在山顶上，特别是在花莲这座美丽的城市，可以望见大海和整个花莲全景。风也很大，有些冷冷的海风，风里有海潮的呜咽，仔细听一定能听到，那磅礴大海的低吼声，轻轻地震动着耳膜。

　　嗡嗡的。

　　他还在工作，他已经耽误了很多，深夜万籁俱寂中的昏暗房间里只有手提电脑的白光，没有她在身边他仍是孤独的。这时一个小石子"啪"地打在落地窗上，他扭头去看，她光着脚穿着一件薄薄的睡衣从露台上爬进来，轻轻地拉开落地窗。

"他们会误以为你是小偷。"他笑她这种幼稚的趣味，像是在偷情。

但怎么不是偷情呢，他在大陆还有一个因长期分居而感情淡漠的未婚妻，不过那是父母的安排，从一开始他就认为那不是真的。

可是他又阴沉下脸，他觉得烦恼。

她笑着走到他面前，攥紧他的手要帮他暖手。他的手一直都是冰冷冷的。

"先生，你总是让我觉得心疼。"

他望着她的眼睛，像一只流浪已久的冷酷兽类又得到了母亲温暖又温柔的舔舐。他在黑暗中吻她，压在洁白的床单上。他感觉到她肌肤上的潮热，像是黏稠且湿热的物质将他包裹。他一直不想和她发生这种关系，也许是觉得她年纪还小，又或者觉得这段感情纯洁得不切实际，就像在他的现实之外，无比干净无比晶莹剔透，因此看上去似乎也无比地脆弱，他一直都不想也不敢去触碰。

当一个人不知道面前的未知是脆弱还是坚固时，最好的选择就是不去碰。但这信条又似乎缺乏珍贵的冒险精神，因而无力在人生的博弈中有所开拓。

她已经爱上你了。你也一定是这样。

黑暗中，她说："遇见你的时候，我想的是如果能有一个人愿意带我走，我一定马上就走，不管他是谁，干什么的。发过誓的。"

然后就是他的那句：这么晚了，怎么还不回家？

"当时我心里一震。"她看着黑暗中的他的眼睛，"那天在庙里，我许了一个愿，我……"

他把手放在她嘴边不要她说，怕不灵。

她微笑着摇了摇头，示意没关系，"我希望你是真的。"

他感受到她呼吸的潮热，他呼吸着她的呼吸，生命拼接在一起。

第二天他们来到一个叫做马太鞍的原住民聚集区，群山环抱风景秀丽，他们来到"拉蓝的家"参观，顾名思义就是一个名叫"拉蓝"的原住民的家。这个名字总让他想起埃及艳后，因为以前看过的一个译本将"埃及艳后"译成"克娄巴特拉蓝"。

但此拉蓝是一个穿着花哨民族服饰、精神抖擞的健壮中年男人，热情好客。他们家在山里，因此空间很大，庭院里养了鱼、鸡还有几只狗。在拉蓝家吃了饭，鱼和鸡都是自家养的，现宰现烧，还有竹筒饭，拿着一块硬物对着竹筒猛敲几下，竹筒被击裂，可以开始吃了，饭是紫色的糯米。

饭后和一些旅行团的游客一起坐在拉蓝家的"讲堂"里，听拉蓝介绍自己的民族和这里的风土人情。

　　拉蓝所在族群是母系氏族社会，女人说了算的，甚至可以随便休夫另"娶"。男人都是嫁给女人的。他们坐在第一排，像小学生上课那样坐着，听得格外有味。其实主要是因为拉蓝会讲，起初他兴趣并不大，她却兴致高昂，也许是拉蓝总是说到女人的好，后来他听着听着也就觉得稍稍有趣了。他总觉得这些部落与大陆上那些溯源古老的族群相比很山寨，就像在台北时有一次生意上的伙伴带他去一个地方看"凤凰"，其实就是一种雉鸡，被鼓吹得神乎其神，看后他很失望。也许"凤凰"名号只是为招揽客源做了一个噱头，不然鸟园的经济也不好维持，但看那鸟园馆长眉飞色舞地讲述凤凰传奇，突然觉得他一定是很爱这种鸟和这事业的，不免还是油然而生一种敬意。

　　这里就是因为热情而显得活力四射，生机勃勃。

　　拉蓝开始讲他族群的语言，虽没有文字但语言却很复杂，"比如'我爱你'，国语怎么说？三个字，就三个音，对吧？而我们说'我爱你'就是……"他顿了顿，性格中幽默风趣的天性让他想要玩一个游戏，"这样，我说完后，谁要是能复述一遍，这里——"他指了指身后的那些奇趣木雕和民族饰品，"随便拿一个走，不要钱，随便拿一个走。"信心十足。

在座的所有人都开始摩拳擦掌跃跃欲试。

"哪，听好了。玛乌拉加古……"

没有人能复述出来，太长了，有十五个音，只能听一遍。

随后拉蓝带大家参观自家的鱼池，讲述先人如何捕鱼并发明了一种可以同时捕鱼和虾的装置，拉蓝总是逗得身后的妇女们大笑。

他们离开了众人，来到一片草海，无边无际，风吹得草和叶片哗哗作响。草海上有一座很长很长的桥，矮得就像一条栈道，从海草上直铺过去，人在海上走过。估计文艺片和偶像剧中浪漫的场景就是在这里取景，画面中总是有两个暗中带着情愫的少年坐在桥沿，风吹过，草海浮动，忧郁的天，各有愁绪。

他们也进入了这情景中。

他看着她站在前面望着远处的山，一只手放在桥沿上，像在感受空气，另一只手会撩一下被风吹乱了的头发。

"嗨。"他走到她身后，低声打了个招呼。

她转过身。

"玛乌拉加古，吉苏阿难，打衣呼，高巴代。"

"什么？"

他有些泄气。

她随即反应过来，"你可以背下来？！"

他点点头。

"你刚刚怎么不背？！"

他耸耸肩。

"可以随便拿走一样东西！"她有些失落。

"你知道我想要的是什么。"他对那些木雕不感兴趣。"这句话，只能说给一个人听。"

她突然感动得变成了木雕。

玛乌拉加古，吉苏阿难，打衣呼，高巴代。

他们在七星潭看海，这是他第一次近距离看到大海，他看着一望无际的海洋就像裹满水的大球要轰隆隆滚过来将他碾过。

一种对海的恐惧，或者敬畏。

这是一个很美丽的海湾，太平洋绿蓝深沉的浪涛闷吼着冲上岸，又挑衅般地退回去，已近傍晚，世界一片灰暗，很远处烧烤摊的灯火被呼啸的大风吹得明明灭灭，他们站在离海很近的地方，浪潮声此起彼伏，她从后面抱着他，亲吻他的脊背。

她说要给他拍照，拿出手机对着他，他背对着大海，这时一个大浪冲过来，他一下没站稳跌进了海里，她乐不可支。

这是大海给他的见面礼，还是有点恐怖的。

晚餐是吃曼波鱼，就是翻车鱼，干净又精致的餐厅门前挂着一只翻车鱼的模型，这鱼的肉质像鸡肉，样子也白白的。

餐厅里人不多，另一侧有一对父母带着儿子在吃饭，他看着他们严肃且传统的家庭氛围似乎很压抑，突然就想起自己幼年的家庭生活，情感稀薄，满屋子的私心和利益。

他吃着吃着，突然把脚伸到她脚边。她抬眼一看，他装作毫不知情的样子继续吃他的菜，她领略了，扬起了嘴角，也把脚伸到了他脚边，两人在桌下摩挲着，暗地调情的游戏。

但他又在刹那间觉得是在偷情，心里突然生出一刻的负罪感。

去到台中，逛当地夜市，吃遍美味，她买了当地一家著名的麻薯，她说以前这在台湾都是农民才吃的，现在很流行了。他在电视里也见过来自台湾的养生专家介绍红薯的营养价值，一跃成为"万物之王"，扶正了，与之迥然相反的像土豆，在以前的法国是只有皇室才能吃的，后来也广泛流行。

当然背景很不同，土豆那时在欧洲是来自美洲的稀罕物，很长一段时间人们对它感到陌生而不敢食用。

他们去鹿港，那天风格外大，在游人众多的小巷里穿行，看小饰品和民间艺人做棉花糖，然后听见轰隆的锣鼓声，看见舞龙队和踩着高跷穿着彩衣的"神"从街市上走过，是迎接妈祖的仪式，妈祖是海神，掌管海上平安寓意顺利，台湾是岛，因此供奉妈祖很是兴盛。

他们站在人群中看仪式进行，他穿着外套裹着冻红了鼻子的她。

最后一天在田尾，他们在一家出租自行车的地方租了两辆车，骑着车在这小镇上逛。本来是想租一辆可以两人同骑的车，试了一下，感觉不太容易协调，又看到别人租了一辆有棚的三轮车，速度很慢。

他已经很久没骑过自行车了，更别说骑着车悠闲地在一个小镇闲逛，这似乎只是学生们干的事，他很享受这一次。

他们骑过一条条干净的街道，路过一座座花圃，这里很多人做园艺，自然空气

清新环境优美。

可是两人骑着骑着又走散了。

他们飙了一次车,她当然不管怎样铆足了劲都骑不过他,他已经骑进了一条小路,转头一看却没看见她。

他又骑回去找,可她也许拐进了别的路,他想回到租车的地方,但已经骑出来太远,而且已经记不清那条路了。

只顾着往前走,又犯了一个错误。已经多少年没犯过错误,这次居然迷了路。他是不会允许自己犯这种低智商的尴尬错误的,拿起挂在车头的地图却找不到此时所在的这条路,看来已经走出地图范围了。他继续往前骑,不能坐以待毙,可心里总是阴沉沉地怀疑是否会越走越远。

天突然飘起了小雨,这里气候变化不定,眼看着乌云密集、盘旋,随即雨势变大,越来越大。

他突然变得很暴躁,小路上一个人也没有,他冒着雨继续骑,想要找一个地方躲雨,但都是细细的屋檐,好不容易看见前方有一处大的遮檐,骑过去狼狈地一钻。

浑身已经湿透,外套里吸满水变得沉重,手机在开始这场旅行前就已关闭,他

只是想要一处静的空间。他躲在屋檐下看着雨水哗啦啦倾覆，屋檐上落下的雨滴晶莹如珠线，他想她是否已经安全到了，他想她会不会来找他，就是在这样未知的等待下，他越来越焦虑不安。

屋檐下躲雨，文艺的美好场面，但是他从此知道发生在现实里并不好过，他又冷又惶惑，没有人帮助，在等一场雨停。他最讨厌等待，全然是未知，短暂也变得漫长，不知雨多久能停，不知是否越下越大。

因为困惑总是集中在他是否要行动上面，而并不在等待本身。雨终将会停的，谁都知道，但他急于要走。

因为即便在屋檐下还是会被飘进来的雨淋个更透——大风不停地把雨往屋檐里吹。

他在无聊又焦躁的等待中浑身湿漉漉地抽了一根烟，看到雨小了，但想必不会那么快停，也许要下一下午。于是他又急着赶路。

提起湿漉漉的自行车往前骑，路过一座寺庙，他进去拜了。

他第一次虔诚地拜一尊神像，双手合十，闭着眼睛，站在空无一人的昏暗大殿里。

不想要离散。他许下的愿。

可是他终究还是要回去，他是肩上有负累的男人，不是那个真正要远走高飞的任性固执的小男孩。那一天她送他到机场，他说会回来的。回到大陆，像以往那样生活，出去应酬，打牌喝咖啡到十二点还不回家，他的未婚妻也一如往日一直在家等他，已经有整整四个月未见。

他有些醉地回到家，他的未婚妻把他扶到床上，自己坐在一边，他半卧在床上，以往总是回到家和她简单地说下当天发生了些什么事情然后就各自睡觉了，今天也是这样，他草草地说和朋友打牌的事情，她很有耐心地听着，还给他倒了一杯温水。他说他赢了钱，她哈哈大笑，说完了，他的未婚妻说："还有没？好玩的？"她总是很喜欢听他说话。

他想了想，也没什么了，"再有就是在台湾的了。"突然心里生起一层薄薄的愧疚和自责的雾气，他迅速回归镇定，说起在台湾无关痛痒的见闻和趣事。

她一手撑着下巴专注地听他的描绘，好像身临其境，他笑的时候她也跟着笑，他说他有一天甚至掉到大海里，她哈哈大笑。

她特别爱笑，以往他说的一点小事也能让她乐得不行，但是这次她笑着笑着就哭了。

他很奇怪，起来问她怎么了，她只是一个劲地大哭，停不下来。

他不知道她怎么了，但是有不好的预感。晚上她睡在自己的房间，他悄悄地走过去，睡在她身边搂住她的腰，她还在啜泣，他认真地问究竟出了什么事情，她告诉他，有一个台湾的小姐给她打过电话，"要我离开你。"

他一惊。

"我不是难过你不爱我，也不是难过你会离开我，我只是难过以后再也没有这么开心的日子了。"

他听着，心被绞了好几下，用下巴磨蹭着她的头发。即便是父母安排的，她也已经无怨无悔跟了他八年了。

这八年，他在最开始时觉得不是真的，她却觉得可以是真的。他在长久的平淡中已经觉得毫无趣味，她却觉得平淡也是一种趣味。他讨厌等待，她却随时等候着。如今他想要结束，她却让他不敢结束。

他不知道她是在什么时候翻看了他的手机记下了他未婚妻的电话，他厌恶这种幼稚的行为。

但是他喜欢上了幼稚的她。他终于开始疑惑于这段感情的不切实际，一个少女，就像一个美丽的幻象，一场和学生的恋爱——因为对方的身份，让他潜意识中觉得就好像初恋一般，在一个陌生的城市，她是他那时枯燥生活里唯一的刺激。

一场艳遇而已。

她打跨海电话过来，问他是否回台湾过元宵节，她为他准备了好多东西。

他显得有些冷漠，话也没有那么多了，他说不会回去。这段时间他父亲的身体状况也出了些问题，很严重，家族事业的重担开始集中在他身上，他整天忙着会议，没有闲暇。

她当然感觉到了他的变化，但是又无能为力，她经常给他打电话，但他时常不接。

有一次在他的会议上打去了电话，他看了一眼，按掉，关机，继续开会。

会后，他也没有回给她。

他只是需要时间去梳理心中的乱麻。元宵节那天她打来最后一个电话，"你的意思是说你以后不会再回来了？"

他不做声，除了工作的事情也许还需要去台湾，可即便去了也不想见面。

"我只想知道，你对我是不是真的？"她问。

他不知道，他觉得苦恼烦躁。

"我问你是不是真的，你说啊！"

他无处躲藏，她根本体会不到他的压力。"玩玩的。"他轻轻地说，轻得就像吹了一口气。

电话中死寂沉默，他甚至可以想象到她的样子，红着眼睛，忍住不让自己哭。

"我只是希望你能爱我久一点。"她恳求道，"一点点就好。"

他装作平静，挂了电话对着墙壁就是重重的一拳。疼痛也许可以让他明白，但是击不散心头层层涌现的阴霾。

他想起曾经夜晚的台北街头，每一次，那个在生活旋涡中困倦了的男人寂寥地走在前头，纯洁天真的少女低着头玩着手机跟在后面，一脚一脚踩着他的影子。

有一次在海边，他被突如其来的大浪卷进海里，那一瞬间顾不得感受海水的阴冷，却突然想起曾经躺在浴缸里做过一遍又一遍的梦，那时他很无助，被梦中的海水压抑到窒息的痛楚。

那时是她救了他，给了他一次重生。

其实所有的事物都不会变，都可以永恒，都只是在静静地等待着人继续发现。变的只是心。

元宵节的晚上，他突然想要许一个愿，在台北的她也在同一时间闭上了眼睛。两人隔着海峡，却像并肩在一起，手紧紧地合十，虔诚地抵在额头，嘴唇跟着心念甚至都要念出来，面前似乎有尊巨大的共同的神佛，金碧辉煌，却无动于衷这个异彩纷呈错乱交织的爱恨世界。

他想起他们第一次去台北的庙里，他看着人山人海人头攒动的景象，心里突然想，原来这个世界上有这么多人都和自己一样，有着一个只能寄托"神"来完成和圆满的心愿，不可企及，难以实现，原来这么多人都有着对人生的无限困顿、疑惑与迷惘。

就连他这般行尸走肉毫无信仰飘荡在世的人，也有着一个坚定的愿望。

全世界的人都如此。

那时的殿堂里烟气缭绕，似乎都可以看见空中纠缠交错着的无数、无数的心愿，事业，爱情，平安。

是否心诚则灵，他正想着，她突然牵起了他的手。那是他第一次触碰到她，感受到她身体中的温热，从此他们成为彼此生命中的重要拼接和温暖纯美的力量源泉。

这样的爱情，只有一次。每一段感情，这辈子都只有一次。

他还是决定回台北，他说过他会回来的。那天她很开心，早早来到机场等候，但随即有些恐惧，她不知道他带来的会是一个怎样的消息，放弃一切和她在一起，或是来亲口对她说分离。

他只是坐在飞机上，表情非常平静。看着窗外湛蓝的海水，想起初来时的情景——下了飞机，在台北阴沉的天色下散步，路过两根大理石柱，看见像在等人的她。

原来她是在等自己，他忍不住笑了一下，随即想起在夜色中的台北游离，一段青山大海的旅途，那是他生命中最快乐的一段日子，像是一场逃离凤愿的实现。

玛乌拉加古，吉苏阿难，打衣呼，高巴代。却至今牢记。

他确实想过在台北买一座房子，一辆车子，和一个心爱的女人生一个可爱的孩子，从此过着属于自己自由自在的小日子。他真的有想过。

可是最后元宵节的两岸分离，两人在感情纠缠里混乱得都忘记了吃汤圆。

他又笑了，笑人的傻，随即发觉那就好像是一个不祥的预示，突然机身一震，他看着桌上的咖啡洒出来，窗外，飞机好像正在一点一点、缓缓地、缓缓地朝向大海冲去。

不管他带来的是哪一个决定，至少有一个愿望终于成真。

坠机了。

她坐在大厅里正在看杂志，翻了一页突然抬起头，望向窗外起起落落的飞机。

2012.3.6

WEST OF THE SUN

高速运动者永生

文/郭敬明

THE NEXT·TAIPEI

高速运动者永生

文/郭敬明

『壹』

从桃园机场走出来的时候，天阴阴的，脸上零星冒起细小琐碎的凉意，应该是有雨滴飘洒在天空里，只是因为数量太少，因此看起来也就是阴天。连水泥路面都没有打湿。其实亚洲几个城市多多少少看起来都很相似，因此，刚刚在飞机上睡了两个钟头的我，还没有完全彻底地清醒，恍惚里觉得自己是在香港。

直到车子开出机场，开上黑色的柏油马路，两边连绵不绝的绿色植物蜂拥而来，低矮的房屋三三两两地挤在一起，褐色的屋顶在阴霾的光线里有一种陈旧的凉意——香港远没有这么宁静，同样也没有这么陈旧。香港像一堆装在铁皮盒子里的玻璃碎片，摇摇晃晃，每天都哗啦啦作响，喧嚣得很。而这里，是那个想象中，被陈升和罗大佑的歌曲，反复描摹过的台湾。当然，更年轻的人，也许并不知道他们是谁，他们脑海里的台湾，是被周杰伦含糊不清的热门金曲和五月天的抒情摇滚所装裱出的一幅时尚的画卷。

车窗外一片浓郁的树，飞鸟低低地在空气里穿行着。公路上极其干净，仿佛被雨水洗过后刚刚干透似的，有一种温润的清爽。

『贰』

　　人类对星空的想象和憧憬，从远古时代就已经开始。最早的那个仰望群星的原始人，绝对想象不到，千万年后的人类，会把笨重的钢铁，用爆炸的方式送上遥不可及的星空。在人们还不能飞离地面的时代，在宇宙依然对人类没有掀开面纱的时代——严格地来说，直到现在，宇宙的秘密依然躲藏在无数层帷幔之后，人们编造了无数个神话故事，他们为星空上的图案命名：仙女座、猎户座……他们假想这些遥远的星光是另外一个世界，那里有众神，那里有永生。

　　人类的物质文明和科技知识都以令人害怕的速度在发展积累，而信息量则以几何倍数的爆炸方式诞生而又陨灭。每一秒钟全世界都有几千万人同时敲击键盘，随着这噼啪几下的敲击而产生的字符携带着浩如烟海的信息，如同飓风一样席卷这个世界。

　　从绘画，到雕塑，到舞台剧，到留声机，到电影，到网络……人类以普罗米修斯式的悲壮和决绝，探索着这个世界，也消耗着这个世界。

　　当人们得知光速不可超越之后，他们又对无限接近光速这个概念产生了疯狂的迷恋。当人们知道了银河只是宇宙漫漫星河中的沧海一粟时，他们又开始迷恋探索

宇宙的终极模型。美籍波兰建筑师 Daniel Libeskind 在最新的设计作品里，将 2000 个 LED 灯按照精心设计的位置，安置在一个交错包裹起来的镜面体内部，灯反射光线后，创造出意想不到的灯光效果，每个 LED 灯都装有内置微型控制器，再利用天体物理学家 Noam Libeskind 开发的运算法则，于是，人类拙劣而又伟大地模拟了从大爆炸至今宇宙光线的演变。

140 亿年的时间压缩到 14 分钟的灯光变幻里。人们看得目眩神迷。

人类用笨拙的科技，勾勒着自己的想象和渴望，就像一个孩童用手中的蜡笔，雀跃着想要临摹下敦煌壁画里的神。

恒殊写过一篇微型小说，她说，一对恋人是宇航员，他们俩都以接近光速的速度往相反的方向飞去。很快，男生开始想念他的恋人，但是，他却没办法减速掉头，他们彼此无论谁降低速度，都会导致另一方迅速地衰老下去。他不忍心看见她衰老的容貌。于是他们只能无限孤寂地往宇宙的尽头飞去。彼此越来越远。

其实所有的事情都是这样的，当你的速度越来越快，你的时间就流逝得越来越慢，你无限接近光速的时候，你的时间就几乎停滞了。

『叁』

　　台北有时候给人的感觉，就像是被时间的溶液包裹后凝固成的一枚琥珀。它并没有在无情的时针转动中被甩在身后，但也没有被无情的光速列车带往时间的尽头，把一切都换了天地。它依稀还包裹着往日的胎衣，但额角又长出了未来的鳞。

　　大雨把盛夏的正午淋得一片漆黑。

『肆』

　　从电影被创造出来的那天开始，这个世界上就诞生了成千上万部恐怖电影。但在我心里最恐怖的一部，却是《回到未来》，和电影的内容没有关系。纯粹是因为这四个字匪夷所思的组合。

　　回到未来。

　　同样令人毛骨悚然的词语，就是"前往过去"。

『伍』

在台湾闲逛，有时候你会对眼前的时代恍惚起来。

当你走在信义区的摩天大楼中间时，抬起头，电子广告屏幕上播放的是大陆从来没有上映过的《黑夜传说》系列的预告片。香奈儿双 C 的 LOGO 仿佛扩散着香气，把所有美貌女性的灵魂都包裹在一片白色的蕾丝里。

而当你在台中田尾公路花园里，骑着自行车路过一个又一个种植花卉的苗圃，路过带着露水的菜地，路过在路边修剪花朵的年轻姑娘，她穿着最简单的蓝色布衣，路过香火鼎盛的妈祖庙，门口还有老头老太太，在往油灯里添加香油，这个时候，你隐约又会觉得，自己回到了 20 世纪 70 年代，那个时候，大部分城市连迪斯科都没有，歌舞厅也没有。但上海已经早有了歌舞升平的百乐门。

然而当你又沿国道南下，在民族村里徜徉，那些木头搭建的房屋在时间的抚摩中露出疲倦的面容，当你眼前是《赛德克·巴莱》的拍摄地风光时，你又会觉得回到了当初原住民时期——谁都不会知道，几个月之后，这部号称拍出了台湾所有气血热泪的电影，在大陆上映时，遭遇沉重的滑铁卢，人们冷漠的目光和躁动的心，被一片五光十色的好莱坞特技迷惑得没有任何空间再来容纳《赛德克·巴莱》的怒吼，那悲壮的声音听起来像是喧闹街道上的一声喇叭——不会有任何人侧目。电影在一片冰凉的忽视里，悄然下档了。

『陆』

我们在鹿港小镇的时候，正好遇上妈祖庙门口舞龙舞狮，我们几个来自大陆内陆地区的人，对妈祖并不是很熟悉，但台湾信仰妈祖的人却很多，台湾最早的时候有很多渔民，大家出海捕鱼，都要祈求妈祖的庇佑。

我在十九岁的时候去了上海，之后就再没有见过有人现场舞龙舞狮了，电视上倒是常见，但往往都是某某开幕式上的助兴节目，或者春节联欢晚会上的固定表演。以前在老家四川的时候，偶尔也看过两回，但都是小规模闹一闹，并不正规。我们家乡小，那时经济也不发达，并没有足够多的精力和财力，来添置足够多的服装道具，大家也没有时间凑在一起闷头排练。

妈祖庙门口的人很多。前来上香的人也很多。走在舞龙舞狮队伍最前面的是两列高大的"巨人"。两个人叠罗汉在一起，但外面只罩一件衣服，看起来就像是一个两米多的巨人。当这些关公、门神、土地公渐次走过之后，金灿灿的舞龙舞狮队伍就过来了。

庙门口的空地上，翻腾起一条长龙来。周围的人都随着鼓点大声欢呼，或者唱着当地的歌谣，而像我们这样的外来游客，自然就只能拿起手里的 iPhone，拍起照来。

后来我才发现，雄壮有力的鼓声，是一个看起来大约五岁的小男孩儿敲出来的。他一边敲鼓，一边像一头小豹子一样嘶吼着。

我在妈祖庙里，帮妈妈爸爸点了两盏平安灯。

倒是属狗的落落，急吼吼地在每一个庙堂烧香请愿，她说自己今年犯太岁，可千万别倒霉呀。我们一边笑着她，一边也跟着四处拜拜。

妈祖庙门口就是一条小吃街，从街头一直到街尾，都是各种台湾当地有名的小吃。我们一路吃了个饱，连我这样对美食并不是十分热衷的人，都能够吃得肚皮难受，可见小吃的诱惑力。然而，当我们在街边发现一个熟悉的全家便利店时，依然忍不住欢呼雀跃着往里面涌。其实我们身边早就已经被台湾的生活方式渗透着，只是我

们浑然不知而已。我们把一切视为理所当然，比如在上海，你在一个街区的范围之内，就能够发现五家全家便利店，台湾人已经把他们的生活方式，种植在了每一个十字路口。我们没有发现而已。

　　随行的李安一边按着他手里昂贵的佳能单反，一边感叹说："在中国大陆都看不到这么传统的民间节目了啊。"
　　我说："能啊，春节联欢晚会上不是每年都有吗。"
　　他说："那不算，那是表演。"
　　我说："这不也是表演吗？"
　　他顿了顿，说："也对。"

『柒』

后来我想，人们在越来越快速的生活里，确实放弃了很多。人们追求越来越快捷的生活，只要秒针滴答跳动一下，如果某件事情都还不能完成，人们就会习惯性地叹一口气。在这种越来越快的速度里，人们被宠坏了。当电话被发明出来之后，一句话如果不能立刻就被听到，人们就会皱眉，所以，信件就快要消失了。当手机被发明出来之后，人们连话也懒得说了，短信一秒就能收到。

当地铁被发明出来之后，有轨电车就快要消失了。

当电脑被发明出来之后，电视机就快要消失了。

当网络成为主宰之后，单机游戏又要消失了。

当智能手机无所不能之后，笨拙的诺基亚都快要消失了。

连这些都要消失了，更何况曾经的舞龙舞狮呢？更何况曾经的大红春联呢？更何况曾经需要反复刷着酱料烧烤多次最后埋进草木香灰里熏上大半天的腊肉呢？

人们只需要在键盘上噼里啪啦地敲击几下，一秒钟，订单已经下达。

门铃响起的时候，包装良好的腊肉香肠，就已经送到门口了。

速度就是一切。

『捌』

我们在公路上骑车。

自行车是租来的。

可能田尾公路花园并不是一个大热门的旅游景点，因此人并不是很多。出租自行车的地方很大，就在公路边上，也是公路花园观赏线路的起点。游客似乎只有我们几个，生意显得有点冷清，然而店家却并不十分在意，我们的到来也没有让他觉得额外高兴。似乎生意好坏对他来说并不要紧。他眯着眼睛，笑眯眯地看着停车场里一只黄狗和一只黑狗，打闹嬉戏。

我大概有很久没有骑自行车了。

但是这个世界上，就是有一些事情，是你一旦学会了，就再也不会忘记的。比如游泳，比如骑车。

一开始，我们还按照手中地图上标注出来的线路沿路观光，但渐渐地，也就嫌麻烦，不再反复地看地图，随着性子，在各种十字路口随意地转向。于是我们也得以在众多的花圃中间脱身而出，看见很多奇奇怪怪的店。有一家叫做"妙阿姨的奇妙菜馆"，我看了招牌很久，觉得这家店一定很有意思。还有一家专门种仙人掌的"花店"，门口是一个巨大的冰柜，上面用毛笔字写着繁体的"仙人掌冰饮"。他们把仙人掌做成花，做成项链，做成食物，做成容器，做成闹钟，做成一切本来仙人掌不应该成为的东西。

　　我和痕痕、安东尼、李枫租的都是单人的自行车，而落落和卡卡租了一辆双人的带遮阳棚的自行车，骑起来特别慢，看起来还特别像做生意的三轮车。我们几个灵活而快速地在公路上四处摇摆穿行，而落落那辆车看起来就笨重无比。

　　我们骑进一个当地很小的妈祖庙，在里面逛了一圈，庙里面没什么人，只有一个老大爷坐在庙门口的黑色木头长椅上听收音机。庙的后院有一个简单的篮球场，两个篮球架对立着，但中间差不多只有四五米的距离。这应该是和妈祖庙最不搭的东西了吧。

　　等到我们参观完毕，落落才气喘吁吁地把那辆带遮阳棚的自行车骑到妈祖庙的门口，她没好气地说："你们不要得意，要是下雨的话，我这个可有遮雨效果，你们就等着变落汤鸡吧！"

　　我们当然不睬她。

　　她只能气得大叫："老天爷啊快点下雨吧！下雨吧下雨吧！"

　　十分钟后，我、痕痕、安东尼，湿淋淋地在路边躲雨。刚刚晴空万里的天，不知道怎的，就突然倾盆起来。我们几个狼狈地拧着裤管的水时，落落得意扬扬地从我们身边吱吱嘎嘎地骑走了。

　　我们躲雨的地方是一个花店，屋檐下面摆了一长排的水桶，里面插着各种颜色的康乃馨。一个包着头巾的年轻女人，坐在小木板凳上，修剪着花的枝丫，我们因为无所事事，都盯着她看，她完全没有不好意思。许是这里游客多，经常有人看她。

她用剪刀剪掉多余的花茎，再用一个玻璃纸的漏斗将花拢好，然后把十枝花扎成一把。这一整套动作行云流水，她几乎不用停顿。我在大陆的很多工厂里看过同样的情景，但那是十几个女工人并排坐在滚动的传送带上不停地机械动作，她们脸上没什么表情。不像她这样，带着一点点微笑，还偶尔哼个小曲儿。屋子里放着一个老木头家具，看起来是个柜子，柜子上，一台电视机很有些年代了，放着一些很热闹的节目。

屋檐外的大雨彻底哗啦啦了起来。

后来回了上海，我们神秘兮兮地吓落落，说："落落，你看，妈祖庙真灵，你在那边许的愿都实现了，你看来，得抽空回台湾去还愿啊！"

我们所有人回到大巴士上时，李枫都还没有回来，等到我们脱下的裤子在发动机的外壳上几乎已经烤干之时，他才湿漉漉地跑了回来。他说他自己一个人骑出去了很远，看到了一大片韭菜地，还和地里一个老奶奶聊了很久。他说："她一半台语一半国语，我就连比带画，我们交流得很畅快！"

我很羡慕他的年轻。

我在他那样的年纪的时候，也曾经骑着自行车，在另一个城市里，无所事事却又目标灼灼地游荡过。

那时的日子过得很慢，现在的日子过得很快。

高铁飞机把一张大大的地图揉成了小小的一团。

『玖』

在台北的时候，我路过 101 好几次。有两次还在 101 里面吃饭和购物。但是这个对于大多数游客来说的必经之地，我却燃不起任何的兴趣。我觉得应该是上海的高楼大厦太多，所以，101 所标榜的云层之上的景观，并不能吸引我们这群人。

之前曾经有很多欧洲的游客到上海旅游的时候，被上海随处可见的摩天大楼吓坏了。对于他们来说，那是无法想象的事情。在他们的城市，巴黎或者伦敦，柏林或者米兰，老建筑很多，新建筑很少。更别说这种动不动就几百米的摩天大楼了。

我想起曾经在东京的时候，讲谈社的合作伙伴带我们参观讲谈社的大楼。我们站在他们顶楼那个最大的会议室里，望着窗外的东京。

东京其实并不高，大部分东京的房子，还是矮矮小小的。但是它们密集而又拥挤，精致而又野蛮。我想起很多动画片里的经典台词，他们说，东京这个城市，是活的。它是一个怪物，有自己的生命，有自己的眼，有自己的血液。他们说每一个夜晚，无数不安跳动的楼顶的红色导航灯，能够连绵成一片红色的血的海洋。无数红灯依次密密麻麻地闪动过去，就变成了流动的血管。城市不因为人们的意志而改变和发展，它有自己的生命。

台北也是一样。

冰冷的玻璃幕墙边上，就是一个矮矮的老砖墙院落，里面的香樟非常茂盛，还有缠绕在树干上的紫藤，热闹地开着花。

警察局的旁边，几个卖夜宵的摊点，挂着黄色的灯泡。

看起来，这里的人们不太规划它。它活得很野蛮，也很骄傲。

我闭上眼睛，想起站在上海摩天大楼上看到的情景。

那是一块一块横平竖直规划好的地块。这里一个窟窿，明天就会变成新的摩天大楼。那里一片围栏，转眼就会变成拆平待售的地块。上海变化得如此快速，让时间也失去了意义。

而在台北，时间仿佛缓慢了很多。舞龙舞狮的人还在，传统捏面人的工匠还在，凌晨三点也愿意逛书店的人还在，繁华的 CBD 里的老旧房子还在。这些都在。

所以呢？这不是一个悖论吗？

速度快的那个，难道不应该享受更慢的时间流逝吗？

我有点困惑了。

『拾』

时间把雨水煮成一碗茶。
岁月刷白了夜晚和鬓角，夏日午后的阵雨，然后能够把天空淋得漆黑。

Heart Gallery

郭敬明 痕痕 落落 安东尼 李枫

To 痕痕

　　痕痕，我知道你对美食的执迷，不亚于物理学家们对宇宙的终极探索。你能够在一粒米中间，发现一个无穷尽的世界。但是，请不要一边享用美食的时候，还一边思考着人道主义，这会让吃客们纠结。比如烤虾的时候，请不要在刚刚说完"你看那个虾哦，在火上挣扎，好痛苦，我们这样好残忍，我受不了，不要这样啊"三秒钟之后，就立刻流利地说出"你要在虾还没死之前，就撒上盐和胡椒粉，不要等虾烤红了再弄，这样味道就不鲜美了"。

From 郭敬明

To 落落

　　乘坐巴士去阳明山的路上，你和我说有点怕怕的，我问你怕什么，你有些难以启齿："怕鬼好了吧……"你不敢看路灯下幽僻的巷子，不敢看夜色中空旷的楼房，你住旅馆一定要有人陪，你睡觉的时候必须开着灯，播放美剧，弄出一点对话的声响。我想，你在上海一个人住了那么久，难怪电脑换了好几台，每月电费居高不下，想必夜夜你都辛苦了，保重身体啊……

From 痕痕

*T*o 卡卡

　　其实我没有告诉你哦，有一天我们睡的宾馆外面，直到半夜三更，一直有人在钻东西的声音……

From 落落

To 李枫

　　我们一起住的最后一晚上 你问我 我会不会想你 我想了想说不会 然后你竟然说 我知道你肯定会想我的 我想知道你是哪里来的这份自信啊 不过还挺可爱的 哈哈

From 安东尼

T 安东尼

　　我们一个房间，有一天半夜？大概是吧，我迷迷糊糊地翻了个身，大概是被卫生间的水声吵醒了，迷迷糊糊睁开眼，就看见你走出来——浑身赤裸。还有一次是在看电视，你洗完澡出来，我刚想和你说什么，一回头又看见一个赤条条的安东尼。安东尼你太红果果了，暴露癖哇？

From 李枫

 痕痕

　　痕痕你怎么那么能吃呢？……只要是去夜市，都能从头吃到尾，一会儿在这个摊位上看见你，一会儿在那个摊位上看见你，到处都有你……即便不是在夜市，就是普通的街头，只要发现了有食物的店子都会走进去，有时甚至是在车站下手……还有一次是在吃火锅，我没有看见你的手停下筷子或停止翻弄烤肉，等到大家都陆续吃完了，你还在慢条斯理地撬开一只蚌壳："你们说，它好不好吃呢？"……当然你也在那次解释了，其实你吃得并不多，只是种类很多……这个吃一点，那个吃一点，所以当我们都吃饱了，其实你只吃了 27 种菜肴而已。

From 李枫

Special Thanks To...

桂台桦
人类智库出版集团 董事长

刘俊狄
人类智库出版集团 董事长特助

林家瑜
人类智库出版集团 媒体公关

刘采荷
人类智库出版集团 资深主编

杨欣伦
人类智库出版集团 人文社科主编

陈翠兰
人类智库出版集团 人文经管副总编

邱婷婷
人类智库出版集团 生活类副总编

黄汶臻
人类智库出版集团 印务主任

丁国川
人类智库出版集团 业务经理

郝广才
格林文化事业股份有限公司 发行人

高靖栩
商周媒体集团 整合传播部总监

吴丁江
华迅事业股份有限公司 副主编

方佳雯
复兴航空运输股份有限公司 专员

2012年6-7月上海最世文化发展有限公司畅销书排行榜
| TOP25 |

排名	书名	作者
1	幻城（2008年修订版）	郭敬明
2	悲伤逆流成河（新版）	郭敬明
3	夏至未至（2010年修订版）	郭敬明
4	小时代1.0折纸时代	郭敬明
5	小时代2.0虚铜时代	郭敬明
6	陪安东尼度过漫长岁月	安东尼
7	这些 都是你给我的爱	安东尼 echo
8	临界·爵迹 I	郭敬明
9	临界·爵迹 II	郭敬明
10	少数派报告	郭敬明 主编
11	爵迹·燃魂书	郭敬明 等
12	告别天堂	笛安
13	橙—陪安东尼度过漫长岁月 II	安东尼
14	西决	笛安
15	南音（上）	笛安
16	最后我们留给世界的	郭敬明 主编
17	南音（下）	笛安
18	东霓	笛安
19	爵迹囧格	郭敬明 王羽 千犀
20	飞蛾特快	郭敬明 主编
21	小时代3.0刺金时代	郭敬明
22	爵	王浣
23	年华是无效信	落落
24	不朽	落落
25	下一站·神奈川	郭敬明 落落 笛安 消失宾妮 王小立

ZUI
Zestful Unique Ideal

ZUI Book

CAST

下一站·台北

作者
郭敬明 落落 安东尼 痕痕 李枫

出品人
郭敬明

选题策划
金丽红 黎 波

项目统筹
阿 亮 痕 痕

责任编辑
杨 仙

助理编辑
赵晓婧

特约编辑
卡 卡

责任印制
张志杰

装帧设计
ZUI Factor　　www.zuifactor.com

设计师
胡小西

内页设计
付诗意

全程摄影
胡小西 Fredie.L

出版社
长江文艺出版社

出品
上海最世文化发展有限公司

官方网站
www.zuibook.com

平台支持
最小说 ZUI Factor

图书在版编目（CIP）数据

下一站·台北 / 郭敬明等著 . -- 武汉：长江文艺出版社，2012.7
ISBN 978-7-5354-5782-0
Ⅰ . ①下… Ⅱ . ①郭… Ⅲ . ①散文集 - 中国 - 当代②小说集 - 中国 - 当代 Ⅳ . ① I217.1
中国版本图书馆 CIP 数据核字（2012）第 063279 号

下一站·台北

郭敬明 落落 安东尼 痕痕 李枫 著

出 品 人 | 郭敬明	责任编辑 | 杨　仙	装帧设计 | ZUI Factor	全程摄影 | 胡小西 Fredie.L
选题策划 | 金丽红 黎　波	助理编辑 | 赵晓婧	设 计 师 | 胡小西	媒体运营 | 赵　萌
项目统筹 | 阿　亮 痕　痕	特约编辑 | 卡　卡	内页设计 | 付诗意	责任印制 | 张志杰

出版 \| 长江出版传媒　长江文艺出版社

电话 \| 027-87679310　　　　　传真 \| 027-87679300
地址 \| 湖北省武汉市雄楚大街 268 号湖北出版文化城 B 座 9-11 楼　　邮编 \| 430070
发行 \| 北京长江新世纪文化传媒有限公司
电话 \| 010-58678881　　　　　传真 \| 010-58677346
地址 \| 北京市朝阳区曙光西里甲 6 号时间国际大厦 A 座 1905 室　　邮编 \| 100028
印刷 \| 北京华联印刷有限公司
开本 \| 700×1000 毫米　1/16　　印张 \| 13
版次 \| 2012 年 8 月第 1 版　　印次 \| 2012 年 8 月第 1 次印刷
字数 \| 100 千字

sina 新浪读书
book.sina.com.cn